SUSIE MORGENSTERN

galère!

EDITIONS
THIERRY
MAGNIER

Pour la France, merci !

S. M.

Connecticut

Mon père français ne m'a jamais parlé en français, à part pour les jurons. Un mot en particulier revenait en cas d'extrême nécessité, comme le pire des gros mots : « Galère ! » Ce mot exprimait la colère, la frustration, la contrariété à l'égard de la vie en général. Il disait aussi la furie qu'il réservait à mes bêtises enfantines. J'imagine que c'était un moyen pour mon père de projeter sa déception sur son enfant unique qu'il élevait seul. Il avait dû le prononcer à l'enterrement de ma mère, dont je n'ai aucun souvenir. C'est mon seul mot français, et donc, je le répète six cents fois par jour depuis mon arrivée tragique dans ce pays minable, pénible, déplorable, le pays des misérables ! La France ! Que je découvre sans mon français de papa, puisqu'il est mort de la même façon que ma mère, tué par balle par un déséquilibré. Ça, c'est la version « officielle ». Je n'ai jamais cherché à en savoir plus.

Je savais qu'il venait de ce pays, il en avait gardé un accent indéfini, mais il n'en parlait jamais. Mon père vivait dans le présent. Il a bien fait de considérer que chaque minute pouvait être la dernière et de profiter un maximum de sa vie pour jouer aux cartes, chanter, danser avec moi, suivre tout ce que je faisais à l'école, se consacrer entièrement à moi. Il n'y avait rien d'autre : pas de travail, pas de train-train, pas de famille, rien que moi et lui, un couple heureux, harmonieux, merveilleux. Hormis quelques rares écarts, il disait généralement que j'étais un ange. Quand j'étais à l'école, il faisait les courses, la cuisine et se cultivait en lisant dans ses deux langues. Il ne m'a jamais dit pourquoi il avait quitté la France et je ne lui ai jamais posé la question. La France était totalement absente de notre existence. De ce que je sais, nous avons pu mener cette vie de quasi-rêve grâce à un généreux héritage reçu à la mort de ses parents. Et du côté de ma mère italienne, qu'il a rencontrée à l'université américaine, pas de famille non plus.

Après la disparition de ma mère, mon père s'est offert cette propriété que mon tuteur vient de mettre en location avant de m'expédier moi, pauvre orphelin riche, en France. Papa l'a achetée pour me permettre d'étudier dans les écoles renommées de cette petite ville du Connecticut. Verdure, luxe, sécurité, pensait-il… sans savoir qu'un tueur vampire rôderait dans le parking du centre commercial haut de gamme !

À l'époque, Pierre-Louis Charles s'est dit : « Marella est morte, mais Alex et moi sommes vivants ! Il nous faut vivre ! » S'il m'est arrivé de surprendre quelques larmes couler de ses yeux à des moments dérobés à sa philosophie dominante, il débordait habituellement d'énergie ludique et pratiquait le sourire, le rire, et le fun sans modération. Le seul secret qu'il gardait pour lui, c'était ces lettres qu'il recevait toutes les semaines. Il s'enfermait pour les lire. Je n'étais pas du tout curieux à l'époque. J'aurais dû l'être ! J'imagine qu'il répondait quand j'étais à l'école. Comme je pouvais voir les enveloppes, je savais qu'elles venaient de France. Les timbres m'intéressaient plus que leur contenu.

Bien que nos voisines marieuses aient toujours eu des femmes fantastiques à lui proposer, mon père n'a jamais cédé à la tentation de faire entrer dans sa vie une autre personne que moi. Sa paternité était exclusive. Sans m'étouffer, il veillait à chaque détail de ma vie.

Je comprends que maman Marella soit tombée folle amoureuse de lui : de son crâne poussaient des champs d'herbes folles, couleur paille, des herbes bouclées qui faisaient une auréole épaisse autour de sa tête, des yeux vert clair dans un lac couvert de nénuphars, un visage tantôt lisse et rasé de près, tantôt orné d'une barbe naissante, une bouche pulpeuse de top-modèle qui se serait fait injecter de l'acide hyaluronique, son long corps maigre, des jeans de toutes les couleurs, des chemises sur lesquelles s'épanouissaient des fleurs, des feuillages, des notes de musique, des piques, des cœurs, des carreaux, des trèfles... Mais jouer aux cartes était l'anathème pour moi. La seule passion que nous ne partagions pas. Il ne voulait pas que j'y touche. Je n'ai jamais compris pourquoi il achetait des jeux de cartes pour me les cacher. Le plus impressionnant chez mon père, c'était son visage. Il était si animé qu'on savait que chaque cellule participait à son expression rayonnante. Il paraît que je suis son clone, sans la barbe. Mêmes yeux, même nez, même bouche. De ma mère, j'ai eu – d'après mon père – l'intelligence, rien que cela ! Il a insisté pour que j'apprenne l'italien en l'honneur de ma mère. Mais pourquoi pas le français, en l'honneur de mon père ?

Je ne savais pas, à l'époque, quelle éducation il avait reçue, mais elle comprenait le piano qu'il m'a aussi transmis. On jouait des duos endiablés, classiques et jazz, sur un grand piano devant les baies vitrées de notre immense salon. Jamais il n'avait à me rappeler de travailler mes gammes. Je rentrais de l'école et, avant même d'enlever ma veste, je rejoignais mon piano chéri. La bonne odeur des plats de papa remplissait la maison. Il m'aidait à faire mes devoirs, mais surtout pour maîtriser lui-même la grammaire anglaise car je n'avais pas vraiment besoin d'aide. J'étais un excellent élève dans ma bonne école américaine où on faisait beaucoup de sport, de spectacles, d'excursions et d'activités extrascolaires. Mes copains aimaient venir chez moi et passaient souvent des week-ends à la maison.

Si on pouvait parler d'une vie idéale, c'était le cas de la mienne, même si j'étais conscient que ce n'était pas pareil pour tous les Américains. Avoir une mère ne me manquait pas tant mon père me comblait d'attention, de tendresse et d'un amour évident, concret, matériel. Les comédies romantiques que nous regardions ensemble soulignaient un manque éventuel dans sa vie d'adulte : le sexe. Mais papa ne s'en est jamais plaint. Régulièrement, des candidates à ce rôle se présentaient à notre porte, unetelle avec une tarte aux fraises, telle autre avec ce qu'elle appelait un *tuna casserole*. On acceptait le butin et on rejetait les porteuses.

Il était toujours à la maison quand je rentrais, sauf le jour où une voiture de police a remplacé la sienne.

Est-ce qu'il prévoyait une telle tragédie ? Les instructions extrêmement précises qu'il avait laissées ont été suivies à la lettre par le tuteur qu'il avait engagé pour moi après la mort de ma mère. Était-il conscient du fait qu'on ne sait jamais… ou est-ce qu'il s'y attendait ?

Mes amis sont venus dormir à la maison jusqu'à l'enterrement. Immédiatement prévenu par les autorités, ce tuteur qui ressemblait à un croque-mort a passé la semaine avec moi le temps de tout organiser, passeport express, billet d'avion, expédition en France.

Il a contacté un correspondant à Paris pour s'occuper de mon logement, de l'inscription dans l'ancien lycée de mon père et d'autres broutilles relatives à ma survie en terre hostile. On était en août de ma première année du lycée américain. Je commencerai le lycée en France en septembre. Quelle horreur !

Le correspondant en question s'est avéré être le frère jumeau de mon père, Louis-Pierre Charles. Un frère ? Jumeau ? En quinze ans de vie commune, mon père ne m'en a strictement jamais parlé. J'allais échanger un Pierre-Louis contre un Louis-Pierre. Leurs parents ne s'étaient pas fatigués pour les nommer.

Comme s'il ne suffisait pas de mourir, on meurt avec ses secrets et tout le savoir accumulé pendant la vie. Un proverbe dit que quand un homme meurt, c'est toute une bibliothèque qui part en fumée. Pire encore : quand un père tant aimé meurt, son fils meurt avec lui.

C'est un mort vivant qui a pris place dans l'avion, un mort noyé dans ses larmes. Et je suis mort une deuxième fois quand j'ai été arraché à mon pays chéri, à mes amis, à mon école, à ma ville, à tout ce que je connaissais, y compris ma langue… et je ne parle même pas de mon chien Brookie Pielou.

Paris, 7e arrondissement

Un chauffeur avec un panneau discret portant mon nom me soulage de ma valise. Je le suis jusqu'à une grosse voiture dont j'ignore la marque. Mon père et moi nous passionnions davantage pour la musique, le sport, les livres que pour les voitures. Il en avait acheté une reconnue pour sa sécurité, plus que pour sa vitesse ou son prestige. Le paysage de l'aéroport jusqu'à l'immeuble de mon oncle est loin de la verdure luxuriante que j'avais connue jusque-là. L'avenue Charles-Floquet, bordée de bâtiments et d'hôtels particuliers, semble aussi morte que moi, sans piétons, sans âme, sans papa. La tour Eiffel toute proche pointe sa flèche vers le ciel. Ça me fait une belle jambe. À la place de mon père, de mes amis, de ma belle maison, il y a ce stupide meccano en fer.

J'emboîte le pas au porteur de la valise dans l'ascenseur d'un hôtel particulier de quatre étages. La chambre qui m'est destinée au dernier étage est aussi froide, design et high-tech que notre maison était douillette, chaleureuse et confortable. Une dame aussi pointue que la tour m'adresse une phrase que je ne comprends pas en m'apportant un plateau avec du chocolat chaud et des viennoiseries, mais sans bagels et sans muffins. Je n'ai pas faim, je n'ai pas soif, un mort n'a pas d'appétit.

Quelque part à l'intérieur de ce mausolée, mon correspondant, en la personne de cet oncle inconnu, doit exister. Pour l'instant, il est aussi invisible que son jumeau.

Je prononce son nom en bon français : « Louis-Pierre ? » Ça rime avec « Galère ! ».

Et la dame répond un truc qui ressemble à *bla-bla-bla*.

Mon père aurait dû insister pour que j'apprenne le français au lieu de l'italien ! Ou en plus de l'italien.

S'il était là, mon oncle aurait peut-être eu la curiosité de jeter un coup d'œil au pauvre petit orphelin seul au monde qui vient d'atterrir chez lui. Je ne le connais pas mais déjà je le hais.

Je passe ma première journée dans ce pays maudit, abominable, diabolique, à déambuler d'un étage à l'autre, d'une pièce à l'autre. Je suis le fantôme de Paris. La maison est remplie de sculptures, plus moches les unes que les autres, de tableaux gribouillés par des artistes sans doute aveugles, de meubles qui n'ont rien de leur fonction : une table en acier, des chaises aussi métalliques que la table. Elles blessent les fesses. Cette maison est un congélateur.

Je ne croise pas une seule bibliothèque ni le moindre livre égaré. Heureusement, j'ai une liseuse chargée à bloc. Je passe devant un bureau tellement bien rangé qu'on n'y imagine pas une quelconque activité, sauf peut-être pour un spectre. Tout y est en verre, même le fauteuil. L'ordinateur, avec ses deux écrans géants, gêne la transparence du reste.

Et puis je tombe sur une chambre secrète, porte fermée, mais pas à clé. Je l'ouvre en m'attendant à trébucher sur le propriétaire des lieux, mais non. La petite pièce est entièrement occupée par un grand piano comme celui que j'ai abandonné dans le Connecticut. Je cours chercher les partitions que j'ai eu la présence d'esprit de mettre dans ma valise. C'est un morceau de mon père. Je passe le reste de la matinée à lui faire un concert qui atteigne ses oreilles dans l'au-delà. Ce piano allait devenir mon chez-moi.

À midi la même dame me mime de la suivre – elle a compris que je pigeais que dalle. Je suis soulagé que la table soit mise dans la cuisine, tout aussi froide mais avec le même frigo que chez nous sans les photos et les aimants rigolos. Le piano m'a ouvert l'appétit et je ne suis pas dépaysé par le déjeuner. Mon père m'a habitué à manger de tout, surtout les bons plats français et italiens, les légumes et les fruits, mais manger seul à une grande table est loin de la fête que l'on faisait chaque soir tous les deux.

On m'a remis une clé pour pouvoir sortir et rentrer à ma guise, une clé pour une autonomie et une liberté dont je n'ai rien à faire. N'empêche que je décide de sortir à la recherche d'un peu d'humanité, que je trouve en quantité industrielle au pied de la tour Eiffel. Mon tuteur m'a fourni des euros en abondance et je tente de monter dans cette tour débile. Je renonce après une demi-heure d'attente. La fatigue du voyage et du jet-lag me rattrape. Je suis déshydraté par le déluge de mes larmes.

De retour dans ma chambre, je tombe dans ce lit aux draps soyeux pour m'endormir jusqu'au lendemain. J'ai toujours gagné les concours de qui-peut-dormir-le-plus-longtemps. De nous deux, j'étais de loin le plus doué en dodo.

Avenue de Suffren

Galère ! Je me réveille toujours aussi seul, aussi orphelin, aussi pitoyable, pathétique, tragique, malheureux, éloigné de tout ce qui m'est familier, une branche coupée de son arbre, un naufragé sur une île déserte, un livre entamé oublié dans le train, l'unique survivant d'une catastrophe nucléaire… ma liste est interrompue par la flèche en forme de femme qui apporte un plateau avec un jus d'orange pressée, un chocolat chaud tellement épais que la cuillère y reste plantée comme un arbre, une baguette chaude, du beurre salé, du saumon fumé, des œufs brouillés aux truffes – il y a des moments où on regrette de ne pas avoir deux estomacs. Si je me noie dans un auto-apitoiement justifié, si je suis affligé et accablé, je dois tout de même admettre que je suis bien nourri.

La fatigue de la veille est atténuée. J'ai dormi dans les vêtements qui sont collés à mon corps depuis trois jours. Je ne suis pas encore prêt à les éplucher de ma peau.

Je n'ai pas eu la force de défaire ma valise, il y a pourtant dans ma chambre un dressing pour bien ranger mes affaires. Mais manger, croquer, me donne l'énergie suffisante pour prendre ma première douche française et je m'habille. Je me sens à la fois tout neuf et excessivement vieux dans ce pays de vieilleries et d'antiquailles fripées, le tout enrobé de béton. Le décor futuriste de mon logement mis à part.

Bien élevé malgré tout, je porte le plateau à la cuisine et j'avertis que je sors puisque l'oncle est toujours invisible.

Malgré mon état dépressif, je pars à la conquête de mon nouveau quartier. La ville, par-delà ses premières frontières, est au-delà de mes forces.

D'abord l'avenue Charles-Floquet, pas une personne, des voitures garées de chaque côté, des immeubles d'un côté, des hôtels particuliers de l'autre, la rue la plus ennuyeuse du monde.

L'avenue de Suffren est plus animée : un marchand de vin, une parfumerie, un magasin de rideaux, un tabac, une agence immobilière. Je m'arrête pour regarder les prix des appartements dans la vitrine. Cher, plus cher et encore plus cher ! Ce n'est pas aujourd'hui que j'en achèterai un. Coiffeur, agence de voyage, restaurant, horloger, pharmacie, galerie d'art, et puis le commerce le plus passionnant de tous : une boulangerie. Le parfum de pain frais m'enivre bien que je n'aie pas faim.

Je note les noms dans un calepin. Je sais qu'il va falloir apprendre cette maudite langue énigmatique. Marche ou crève.

Pressing, caviste, cadeaux, alimentation, banque, bijouterie, bar, café, tapissiers-décorateurs, vêtements pour femmes et enfants, opticien, magasin de sport, et enfin, ce que je cherche. Une librairie. J'entre et je dis : « *English books ?* »

On me montre un mini-rayon avec des best-sellers. Faut se contenter de ce qu'il y a, « *Beggars can't be choosers* ». J'achète deux livres, un Stephen King et un Harlan Coben.

Le retour à mon tombeau me donne la nausée. En montant dans l'ascenseur, je pense aux champs, aux lacs et aux forêts du Connecticut, verdure et nature – je n'ai pas le courage de prendre l'escalier –, avec l'intention d'aller tout droit dans ma chambre. Je suis détourné de ce projet par une musique tellement professionnelle que cela pourrait être un disque. Je suis le son jusqu'à la salle du piano, et voilà mon père ressuscité, à moins que celui que j'ai aidé à porter dans son cercueil en érable pour l'enfoncer dans un trou sous la terre ne fût pas lui. Je me glisse sur le tabouret à ses côtés sans un mot, sans une exclamation, sans une question, je pose mes mains à côté des siennes, les mêmes mains ! Et je joue le morceau qu'on a joué ensemble des centaines de fois. Pendant cinq minutes, je suis transporté chez moi, je suis au ciel, mes doigts dansent avec les anges. Je revis ! Que ça n'en finisse pas, même si c'est une hallucination – un effet inattendu du jet-lag ? Un jour, mon père m'avait confié que pendant des années, il avait vu ma mère à chaque coin de rue, sur tous les bancs publics, et même dans son lit.

Soudain le piano devient muet et on reste là, paralysés. Je veux me frotter contre lui comme un chat affectueux, le prendre dans mes bras, lui picoter de minuscules bisous. Je veux effacer le cauchemar des dernières semaines, lui reprocher de ne pas m'avoir appris le français, lui demander ce que c'est que cette blague de mauvais goût. Au lieu de ça, j'éclate en sanglots, car ce n'est pas lui. La coupe de cheveux, la posture au piano, l'odeur. Même si je refuse la réalité, je sais, parce que je ne suis pas entièrement gaga, que les morts sont morts. Louis-Pierre et Pierre-Louis étaient donc de vrais jumeaux, identiques. Pourquoi se sont-ils séparés ? Pourquoi mon père ne m'en a-t-il jamais parlé ? Sont-ils des frères ennemis ? Il n'y a qu'un seul mot dans ma tête : pourquoi ? Pourquoi mon père est-il allé au centre commercial ce jour-là, sans doute pour se rendre dans son magasin préféré, Sugar and Spice, afin d'acheter des articles de première nécessité comme des pignons, du sel de Guérande ou du poivre rose. Mort pour des condiments.

Assis sur le même tabouret que moi, c'est donc mon oncle Louis-Pierre, revenu de je ne sais où. Il se lève et sort de la pièce. Est-ce que lui aussi est bouleversé ? D'après sa décoration, ce n'est pas un homme qui étale ses émotions.

Je ne bouge pas. Je ne respire pas. Le silence semble être mon nouveau sort. Un fantôme hante mon cœur et une espèce de robot hante la maison où je suis censé vivre. Vivre ?

Mon oncle revient sur ses pas pour me dire dans un anglais parfait :

– J'ai un créneau de 18 heures à 18 h 20. Il faut qu'on mette des choses au clair concernant le lycée qui commence la semaine prochaine. Rendez-vous dans mon bureau.

Il semble s'intéresser aux livres que j'ai posés sur le piano.

– Il y a des livres ici, me dit-il. Suis-moi.

J'obéis. Il va de salle en salle, actionne un bouton et les murs s'ouvrent. Les étagères sont cachées comme si elles avaient honte. Des milliers de livres se révèlent comme autant d'ampoules qui s'allument à Noël. Alice au pays des merveilles n'était pas plus surprise et émerveillée que moi devant ce choix immense qui s'offre soudain. Dans la dernière salle, mon oncle daigne prononcer deux mots supplémentaires : « *English books.* »

Je n'ai pas entendu un seul « Bonjour et bienvenue », pas le moindre « Désolé ». On ne peut pas entendre ce qui n'est pas prononcé.

À défaut d'un père, d'une mère, d'un oncle humain, d'amis, d'un jardin, d'un nid douillet, j'aurai des livres. Ce qui n'est pas mal, bien mieux que rien. Cela réchauffe quelque peu ce lieu hostile et froid. Il y a des écrans partout dans cette maison ; ma chambre est dotée d'un ordinateur en plus de mon ordinateur portable importé avec moi en direct des États-Unis. Mais pour l'instant, impossible de regarder une des séries commencées avec mon père.

La vérité est que je ne peux pas faire face à une vie sans mon père.

Et j'ai rendez-vous avec son ersatz à 18 heures.

Deuxième étage

Le bureau est toujours aussi glacé et Louis-Pierre, rigide, sévère, guindé. Y a-t-il des gens qui n'ont pas appris à sourire ? (Est-ce que ça s'apprend ?) Est-ce que c'est impossible de prendre un orphelin de sa famille proche dans ses bras ? Il a partagé le ventre maternel avec mon père, ça aurait dû créer un lien. Ou est-ce que justement la guerre a démarré dans cette préhistoire ? À sa décharge, il n'a pas demandé à devenir responsable d'un ado livré d'outre-tombe à domicile. Qui voudrait d'un inconnu surprise qu'on ne peut pas renvoyer à l'expéditeur ? Des questions me hantent et je meurs d'envie de les poser :

1) Pourquoi les frères jumeaux se sont-ils séparés ?

2) Qu'est-ce qui a causé la rupture ?

Galère ! L'atmosphère interdit la moindre question. Il est évident que je suis là pour écouter et suivre les instructions. Le monologue dure dix minutes, ce qui lui permet d'économiser la moitié des vingt minutes qu'il était censé m'accorder. Je ne sais pas ce qu'il fait dans la vie mais il est très occupé, tellement à l'opposé de son frère qui avait tout son temps, jusqu'à ce qu'il n'en ait plus du tout.

– J'ai bien réfléchi et je t'ai inscrit au lycée Victor-Duruy, un établissement public, celui que nous avons fréquenté mon frère et moi. Au départ je pensais à un lycée bilingue mais je crois que tu feras plus de progrès en français en immersion totale. Les langues que tu pourras y étudier sont l'anglais, l'allemand, l'arabe, l'espagnol, le chinois, l'italien, le russe et le grec, mais j'ai choisi pour toi l'option français renforcé pour cette première année. Le taux de réussite au bac est de 98 %. Il y a environ mille deux cents élèves répartis sur les trois années. J'ai par ailleurs engagé une femme compétente pour t'aider avec tes devoirs pendant les premiers mois, ensuite on avisera. Mon chauffeur, Yacine, te conduira acheter les fournitures et les vêtements dont tu auras besoin, et il t'accompagnera à pied le premier jour pour que tu prennes tes repères.

Je ne suis pas intervenu pour dire que je savais naviguer n'importe où avec les applications sur mon portable, que j'ai assez de vêtements et que je sais me débrouiller seul pour les études. Je me suis retenu. Il me fait peur. Il a la même voix que mon père, le même accent, la même tonalité, tessiture. Si c'était une conversation téléphonique, je pourrais jurer qu'il s'agit de mon père. Mais il ne se dégage aucune chaleur de cet homme-là.

– Je t'ai également inscrit au conservatoire. Vu ton niveau, ce serait dommage de perdre l'acquis. Pour le sport, il va falloir me donner tes préférences. Tu as fait la connaissance de ma gouvernante, Bernadette, c'est elle qui assurera les repas, la blanchisserie, et tes besoins divers. C'est elle ton interlocutrice. Malheureusement, elle ne parle pas l'anglais, mais j'ai confiance : tu vas vite maîtriser le français. Tu peux lui dire si tu as des allergies alimentaires ou des plats que tu n'aimes pas. Je vais également te donner mon numéro personnel et mon adresse électronique en cas d'urgence. La majeure partie du temps, tu seras le seul occupant de la maison car je voyage beaucoup pour mon travail ou bien je passe mon temps dans mon bureau à l'extérieur. J'ai pris un rendez-vous chez notre médecin de famille pour t'ausculter, faire la mise à jour des vaccins et déterminer s'il y a lieu de faire d'autres examens. Demain matin à jeun, une personne viendra faire des prélèvements pour les analyses de sang.

C'est comme si le sale immigré que je suis devait se prouver digne d'entrer sur cette terre sainte de France. Mon oncle semble lire dans mes sombres pensées car il poursuit :

– Ton tuteur m'a remis tes papiers. Puisque ton père a déclaré ta naissance auprès du consulat français à New York, tu as la double nationalité, franco-américaine. Il a toujours gardé à jour ton passeport français, que voici.

– Il ne m'en avait jamais parlé. Je suis étonné.

– Ton père s'est expatrié, certes, mais il n'a jamais cessé d'aimer la France.

– Il ne m'a jamais parlé en français, à part quelques jurons. Je sais dire merde, va te faire foutre, putain, fait chier, bordel, con…

– Je reconnais mon frère qui était bon élève et bien élevé, mais qui aimait parfois se lâcher avec de bons gros mots. Je te conseille de garder ce langage « familier » pour toi.

– Je respecterai les règles de la maison.

– J'ai parcouru les quelques points dont je voulais t'informer. Notre rendez-vous est donc terminé, à ceci près : pour marquer ton arrivée et le début de l'année scolaire, je t'invite au restaurant. Note cependant que j'aime jouir de la bonne nourriture en silence. Donc, demain soir, à 21 heures. Yacine te conduira au préalable chez notre fournisseur pour acquérir des vêtements convenables. Est-ce que tout est clair ?

Clair comme une journée d'hiver en Finlande, comme les eaux des bidonvilles de l'Inde, clair comme le trou où mon père est enterré, est-ce qu'un jour je retrouverai une clarté quelconque ?

Le lendemain, j'ai suivi en silence Yacine pour m'acquitter des premières injonctions de mon oncle. Ma nouvelle garde-robe, soigneusement conseillée par le tailleur, est partiellement sur mon dos pour ma première sortie avec cet oncle si peu onclesque. Je porte une veste comme je n'en ai jamais eu (ni jamais voulu avoir), avec une chemise aussi noire que mon état d'esprit et la première cravate de ma vie (je n'en ai pas mis pour l'enterrement). J'ai cherché sur Internet un tutoriel « Comment nouer une cravate ». La troisième tentative a été la bonne.

Louis-Pierre me fixe comme si j'étais enfin à la hauteur. C'est l'homme au masque de fer, mais une petite émotion échappe au masque. Je suis l'exacte réplique de mon père, donc de lui aussi. C'est curieux d'être si proches physiquement et si loin métaphysiquement.

– Le Jules Verne est tout près. Une marche de cinq minutes à travers le Champ-de-Mars.

Je ne lui dis pas que c'est tard pour manger. J'ai l'habitude de manger à 18 heures.

C'est donc ce Champ-de-Mars que je vois de chacune des fenêtres de la maison. Une sorte de grand parc, plat et stérile.

Quelle surprise de me trouver au pied de la tour Eiffel que je n'avais pas eu la patience de découvrir à cause de l'interminable queue.

Il y a toujours autant de touristes ce soir, mais Louis-Pierre s'oriente vers un autre pied de la tour, à l'opposé de la foule. À l'entrée, il offre au vigile le mot magique, son nom, et nous entrons dans un ascenseur privatif qui monte jusqu'au ciel. S'il voulait m'épater, il a réussi.

Tout Paris scintille dans la nuit mais ça ne m'éblouit pas. Si je n'étais pas aussi endeuillé et que j'étais en face de mon père à la place de cette momie qui commande le menu gastronomique sans me demander mon avis, j'aurais crié waouh. Ô combien j'aurais vu Paris autrement si j'étais avec mon père, volubile et souriant. C'est comme si une version traumatisée de mon père était revenue de l'enfer pour s'occuper de moi. Contrairement à ce qu'on dit, le silence n'est pas d'or !

Ma carte, inutile puisque mon oncle si délicieux s'est chargé de choisir pour moi, est privée de prix. Par curiosité, je demande au serveur une autre carte, avec les prix cette fois, mais j'aurais mieux fait de rester dans l'ignorance car un repas au Jules Verne coûte un bras et une jambe, et ça me fait bizarre. J'ai toujours été privilégié, mais j'ai quand même une graine de conscience sociale ! Combien d'affamés pourraient se nourrir, avec la somme astronomique que mon oncle s'apprête à débourser ? N'empêche que les amuse-bouches sont délicieux et je frémis dans l'attente de la suite. Après tout, les riches doivent dépenser leur argent.

Conversation interdite, je regarde mon assiette, le paysage, les autres clients et – il faut le dire – je savoure. Peut-être que le mutisme forcé intensifie effectivement la dégustation. La chorégraphie des serveurs qui dansent autour de notre table, les uns pour verser de l'eau – Louis-Pierre ne boit pas de vin parce qu'il doit travailler avant son départ pour la Chine le lendemain –, les autres pour placer un petit pain sur une assiette qui lui est destinée, des allers-retours à la cuisine pour renouveler nos plats, jusqu'au bouquet final : le dessert. Je ne suis pas étranger à cette cuisine, si j'avais le droit de parler, j'énumérerais les épices qui élèvent ces plats délicieux. Mon père était un top chef et il a eu le temps de m'initier à cet art, notamment en me donnant carte blanche pour ce qui est de mettre la main à la pâte. Toujours aucun mot, pour le dessert, mais je n'ai pas pu réprimer quelques onomatopées de satisfaction.

Sur le retour, je remercie cet oncle pour le feu d'artifice de saveurs. Je ne suis pas encore en mesure de lui poser les questions coincées dans mon gosier. Je suis soulagé de lui souhaiter une bonne nuit et un bon voyage. Je ne demande pas quand il revient. Je saurai qu'il est de retour quand je le reverrai, et ça me suffit amplement.

Chambre à coucher

On dit qu'il faut une semaine pour évacuer le jet-lag. Je n'arrive pas à dormir alors j'allume mon ordinateur code Wifi en main et, pour la première fois depuis que je suis en France, je jette un coup d'œil à ma boîte mail. Il y a trois cent soixante-huit messages, en grande partie de Brad, mon meilleur ami : « Je ne m'habitue pas. » « Tu me manques. » « Reviens vite ! » C'est cruel, mais ça me requinque. Je lui téléphone sur WhatsApp et je ne raconte rien d'autre que le repas silencieux avec l'oncle.

– C'est comme aller dans un couvent avec des moines qui ont fait vœu de silence, dit Brad.

– Oui, un genre de secte.

– Remarque, mes parents m'ont toujours dit de ne pas parler la bouche pleine.

– Le lycée commence la semaine prochaine, je vais comprendre que dalle.

– Et à part ça, comment ça va… ?

– Ce n'est pas la joie.

– Moi non plus, mec ! Sans toi, sans ton père… Je vivais à moitié chez toi, après tout…

– Et Melissa… ?

– C'est toi qu'elle aime.

– Elle a parié sur le mauvais poulain.

– Pas tant ! Ton père est mort, mais toi tu respires encore !

– À peine.

– Et l'oncle jumeau ? Il ressemble à Pierre ?

– Identique !

– Sans blague. Qu'est-ce qu'il s'est passé entre eux ? Pourquoi ton père ne t'en a jamais parlé ?

– Un mystère qu'il a emporté dans l'au-delà, ou du moins sous terre.

– Et la version de ton tonton ?

– Mon père est un tombeau mort, lui c'est un tombeau vivant. Il part en Chine demain.

– Que fait-il ?

– Tu le sais toi ?

– Non.

– Moi non plus.

Nous avons parlé au moins deux heures pour couvrir tous les potins depuis mon départ. On dit que les filles sont douées pour ça. Je peux garantir que nous, les presque hommes, le sommes aussi. Pendant qu'il parlait, le film de mon ancien lycée et de ma vie abandonnée se déroulait dans ma tête : l'équipe d'ultimate frisbee, nos vacances en camping avec mon père sous la tente, ma dernière fête d'anniversaire avec une pièce montée digne d'un mariage. Quand on a raccroché, j'avais le sourire et puis je me suis assis sur le lit et je me suis mis à sangloter. C'était le premier fleuve de paroles depuis mon immersion dans cette France mutique.

Galère ! Je me sens si loin de mon cœur. Je ne me voyais pas dire à Louis-Pierre que mon sport c'est l'ultimate frisbee, lui qui a évoqué l'escrime, l'équitation, le tennis. Au moins j'ai pu partager mon chagrin avec Brad. Le partager, oui un peu, mais pas l'évacuer.

Un à un, j'ai fait un petit point avec quelques copains – Johnny, Calum, Diego. J'ai eu de la chance de pouvoir les contacter malgré le décalage horaire. Une autre chose merveilleuse dans ce pays, c'est qu'on ne peut pas parler à ceux qui comptent quand on veut, quand on en a besoin, quand l'élan frappe.

Je n'ai jamais joué aux jeux vidéo. Le piano, les copains, mon père prenaient tout mon temps. J'aimerais jouer du piano là, maintenant – c'est une sorte de communion avec mon père – mais je réveillerais toute la maudite maisonnée. Alors je me couche avec le Stephen King.

Quand je me réveille, je rejoins Bernadette dans la cuisine. Pour la première fois, je lui dis bonjour… en français. Je pense qu'on peut aller loin avec ces deux mots : bonjour et merci. Elle me sourit de toutes ses dents de travers. Ils n'ont pas d'orthodontistes en France ou quoi ? J'ai la chance d'avoir des dents fortes et bien alignées que mon père m'a appris à entretenir comme des pierres précieuses. On les brossait ensemble aux rythmes endiablés d'une chanson pop sans le droit d'arrêter avant la fin de la musique. J'ai pris le pli.

Je n'ai aucune idée de l'âge qu'elle pourrait avoir, mais je sais qu'il ne faut pas demander, d'ailleurs je ne saurais même pas poser la question. Elle vit sur place. Elle me dit quelque chose sur « monsieur Charles ». J'imagine qu'elle m'informe qu'il est parti.

La semaine passe lentement, je lis. J'ai déjà acheté les fournitures et les vêtements pour la rentrée avec Yacine. Cette dernière journée avant le début de l'année scolaire s'étend comme trois éternités.

Je sors pour aller dans une direction opposée à celle que j'ai prise jusque-là. Je tombe sur un petit marché aux puces. On adorait chiner avec mon père, remplir la maison d'objets aussi bizarres qu'inutiles : une collection de moulins à café alors que nous ne buvions jamais de café, ni lui ni moi, des gratte-dos, des canards en plastique, des boîtes métalliques. Papa construisait des étagères pour notre musée insolite. Et puis nos livres n'étaient pas cachés, notre maison entière était une bibliothèque. Que vont devenir ces choses, ces machins tant chéris ? Et notre chien adoré ? La maison est louée pour l'instant, mais est-ce que les locataires prendront soin de Brookie Pielou et de nos trésors ?

Je me sens chez moi dans ce marché, à papillonner d'étal en étal. Un fauteuil à bascule qui aurait besoin d'être retapé m'appelle. Il n'y a pas un endroit où poser ses fesses dans ma chambre, à part la chaise high-tech du bureau. Je m'assois dans le fauteuil et je me mets à basculer, un vrai nid de rêves. Le prix n'est pas très élevé, même pas la moitié d'un repas au Jules Verne. Quand le propriétaire vient vers moi, je sors ma carte bancaire et l'affaire est conclue sans un mot.

Je porte le fauteuil comme je peux jusqu'à la maison. Bernadette manque de s'évanouir avant de prendre un des accoudoirs pour nous mener, le fauteuil et moi, à la cuisine où elle le vaporise, le frotte, le récure pour faire briller le bois comme jamais.

À deux, on le place dans ma chambre qui, par ce simple achat, devient tout à coup plus accueillante. Je passe le reste de la journée à lire et somnoler bercé par la bascule.

Je fais du piano, c'est rare une journée où je n'en joue pas. J'organise dans mon sac à dos le nécessaire pour ma première journée au lycée, je mange, je lis encore quelques pages avec une admiration croissante pour Stephen King. Finalement, tous les best-sellers ne sont peut-être pas si nuls.

Et je m'endors sans penser à mettre de réveil.

Lycée Victor-Duruy

Pas besoin de réveil, Bernadette a ses instructions. Elle est mon nouveau réveille-matin. La mère de Brad le réveille tous les jours, comme si nous n'avions pas de téléphones pour ça. Chez nous, la bouilloire sifflante de mon père était mon premier avertissement discret que le jour devait démarrer. Mon père a bien fait les choses finalement en mourant en été. Je suis pile poil dans les temps pour démarrer l'année scolaire sur la lune, comme si de rien n'était.

Toujours selon les instructions, Yacine me conduit à pied jusqu'au lycée. Le bâtiment est menaçant et hostile, comme une institution : un orphelinat, une résidence du troisième âge, un centre pour les filles-mères, un abri pour les lépreux. Il vaut mieux ne pas penser à mon ancien lycée, West Hill High School avec ses vastes pelouses, ses arbres centenaires, ses buissons fleuris.

J'ai toujours aimé l'école, source d'amitié, d'activité, d'ébullition et de connaissance. Oui, c'est cucul, ce sont les mots qui ont servi pour mon discours à la fin de l'école primaire. À West Hill, il y avait un auditorium pour les spectacles, des terrains de sport : le foot (américain), le tennis, des pistes de course, une piscine, une cafétéria où la pizza et les frites côtoyaient les salades, les légumes et les fruits. J'y avais mes meilleurs amis et les profs, à part un ou deux, étaient d'un dévouement sans faille. Les prix exorbitants de West Hill nous permettaient d'avoir un lycée aussi équipé qu'un Club Med. (J'y suis allé une fois avec mon père, à Cancún au Mexique.)

Je n'ai jamais eu de crampes au ventre comme j'en ai en ce moment devant ce mastodonte avec une foule de jeunes qui semblent se trouver eux aussi devant les portes de l'enfer. Est-ce que je commence à psychosomatiser ? Nous y allions joyeusement et, ici, je ne détecte pas la moindre étincelle. Et eux au moins ils comprennent le français. Aucun comité d'accueil, aucun prof ou principal pour adresser un petit « Bienvenue » au pauvre orphelin étranger. Nous sommes tous logés à la même enseigne ici : des petits nouveaux de seconde qui entrent au lycée.

Galère ! J'emboîte le pas des autres moutons vers une cour intérieure. Il y a un peu de verdure, et même un magnifique jardin de l'autre côté de la barrière, mais sans comparaison avec mon ancien lycée. On fait l'appel. Je suis surpris d'entendre mon nom « Alexandre Charles » dans ce lieu si hostile. Au moins j'ai compris mon nom malgré leur prononciation à la française ! Heureusement que mon prénom a trois syllabes, ça me laisse le temps de réagir.

Soudain ma tête tourne et j'ai l'impression que je vais tomber. Si je m'évanouis, je me ferai remarquer. Mais je veux absolument rester invisible alors je fournis un nouvel effort pour me tenir debout et suivre la foule. Je ne connais pas une seule personne, je suis seul au monde ; subitement je pense à ma mère inconnue, et ça me donne envie de pleurer. Elle aurait été fière d'avoir un grand fils qui ressemble à l'amour de sa vie, mon père. J'essaie de convoquer son souvenir. Il m'aurait dit : « Fais ce qui te semble bon. Sois toi-même ! » Mais papa, « moi-même » vit sur un autre continent et dans une autre langue. Comment être soi-même quand tu as perdu celui que tu as été, et tout ce qui va avec ? Comment exister quand tu as été si brutalement coupé de tes racines comme un arbre emporté par un cyclone ? Comment être soi-même quand il faut se conformer à un système que tu ne comprends pas ? Hein papa ? Je pense aux réfugiés quand même qui ont froid et faim et ne possèdent pas une miette de ce que moi je possède. Mais eux, ils se battent pour leur survie, alors que moi, je suis déjà mort.

Bon, je suis le mouvement… Une fille brune attrape mon bras.

– J'ai vu que tu tanguais. Tu as bu ou quoi ?

– *Do you speak English ?*

– *My name is Deborah.*

Il y a des gens bons, même en France. Elle parle avec l'accent débile de tous les Français. Mon père parlait l'anglais avec un accent que tout le monde trouvait « charmant ». Je me promets que le jour où je parlerai français, je parlerai comme un Français, sans le moindre accent (débile). Mais sa phrase, accent ou pas, me fait énormément de bien, et sa façon de me prendre le bras me sécurise. Elle me redonne de l'espoir par un simple geste. Des fois un petit rien peut te sauver la vie, comme quand Melissa m'a passé un kleenex à l'enterrement.

Le reste de la journée est un brouhaha nébuleux. Deborah est avec moi en français mais nos emplois du temps diffèrent ensuite. Malgré la horde de lycéens qui m'entoure, je suis seul sur Mars. Personne ne s'adresse à moi et je rends la pareille. Je comprends que l'ambiance ici n'est pas du tout « friendly ». Quand un nouveau surgissait à West Hill High, il avait tout un comité de bienvenue.

Je suis dans ma bulle de tristesse et de regrets, d'interrogations et de nostalgie. Mon père y réside avec moi. Je lui pose les questions que j'étais trop idiot et peu curieux (c'est peut-être la définition d'idiot : « peu curieux » !) pour évoquer de son vivant :

– Pourquoi as-tu quitté la France ?

– C'est quoi la France ?

– C'est comment ?

– D'où tu viens exactement ?

– Qui étaient tes parents ?
– As-tu des frères et sœurs ?
– Quels étaient tes rêves ?
– Qui était ton meilleur ami ?
– Que faisais-tu dans le ventre de ta mère ?
– Quels livres aimais-tu lire ?
– Qui détestais-tu ?
– Que voyais-tu depuis la fenêtre de ta chambre ?
– Est-ce que tu te sentais seul ?
– Quel est ton plus grand secret ?
– Où allais-tu en vacances ?
– As-tu commis un crime ?
– Comment était ton lycée ?

Cette question me fait réaliser que mon père a foulé le même sol abominable que celui que je foule aujourd'hui. Même si Louis-Pierre ne m'a rien dit, j'ai l'impression qu'il a grandi dans la maison avenue Charles-Floquet, complètement transformée par son unique habitant minimaliste, aussi bizarre qu'absent. Ainsi il serait allé dans ce même lycée pathétique. Peut-être ses fesses ont-elles frôlé les mêmes bancs, qu'il s'est évadé dans ses pensées en regardant par les mêmes fenêtres. Mais lui, au moins, comprenait les âneries que les vagues sonores indistinctes émises par mes profs et mes camarades de classe propageaient jusqu'à moi aujourd'hui.

Et il a fui pour éviter à ses futurs enfants cette malédiction éducative (cette punition même !).

Je sais avec une certitude inébranlable que je ne vais pas survivre à cette année. Et je ne sais pas, d'ailleurs, si je veux survivre !

Résidence secondaire

L'épreuve est de taille. Après une journée passée à être séquestré, incarcéré, claquemuré, rien que sortir du cloître, respirer l'air libre, marcher dans la rue, me permet de me sentir mieux sauf… que je suis vite rattrapé par une terrible évidence : personne ne m'attend, tout est glauque, je suis loin de ma véritable maison et mon père est mort pour toujours.

Devant moi, je reconnais Deborah. Elle m'a secouru une fois, peut-être qu'elle pourra m'aider de nouveau. Je suis tellement perdu. Je cours pour la rattraper et je touche son épaule comme si je saisissais une bouée de sauvetage.

Elle se retourne vers moi, arrache mon bras de son épaule en me fixant avec un mépris assassin. Son visage revêt une expression de fureur féroce. Elle m'aurait poignardé, je n'aurais pas eu moins mal. Cette fille est Docteur Jekyll et Mister Hyde. Elle se met à courir.

C'est confirmé : les Français sont fous. Quelle galère !

Je n'ai pas d'autre solution, d'autre idée, d'autre horizon que de rentrer dans ma prison dorée. C'est trop tôt pour appeler Brad. Je n'ai personne à qui parler, alors je vide mon cœur en m'installant au piano.

S'il y a des devoirs pour demain, je ne suis pas au courant. Sans pouvoir contenir mon cafard, je sors de la maison et me risque plus loin que les autres fois. Je vois une bouche de métro à la Motte-Picquet Grenelle, et je m'y aventure en descendant des escaliers. L'oncle ne m'a pas fourni de tickets de métro et il n'y a pas de guichet pour en acheter. Je saute la barrière, mon seul sport de la journée. Est-ce le début d'une vie de criminel ?

Ligne 6. Je ne sais pas quelle direction prendre, je monte simplement dans la première rame bondée pour un vrai bain d'humanité. Totalement inhumain. Je suis tombé en pleine heure de pointe, serré, écrasé, comprimé, aplati et tétanisé. Les voyageurs trouvent quand même la place pour leurs téléphones qu'ils fixent avec concentration. Quelques-uns lisent, imperturbables. Ils sont pâles, extenués, las. Et moi, je suis comme bercé. Quand il y a quelques places, je m'assois et je lis les noms des stations Montparnasse Bienvenüe, Edgar Quinet, Raspail, Denfert-Rochereau, Saint-Jacques, Glacière, Corvisart, Place d'Italie, Nationale, Chevaleret, Quai de la Gare, Bercy, Dugommier, Daumesnil, Bel-Air, Picpus, Nation. C'est la fin de la ligne 6. Je descends et je prends la direction opposée. Je crois avoir trouvé ma résidence secondaire.

Bernadette la muette et moi le sourd. Le dîner m'attend. On s'occupe de tous mes besoins sauf de l'essentiel : la tendresse, l'affection, les câlins, l'amour. J'attends minuit pour appeler Brad. Je lui raconte Deborah, qui souffle le chaud et le froid. Je raconte l'exotisme du métro. La journée de lycée pendant laquelle je n'ai pas compris un traître mot. Je réussis à injecter de l'humour dans la sinistre monstruosité de ma vie lycéenne. C'est beaucoup plus drôle à raconter qu'à vivre.

Et puis, le lendemain, tout recommence. J'y vais sans Yacine puisque je connais le chemin. Premier cours, français, ça promet. Deborah me guette et me dit qu'elle a parlé avec la prof pour obtenir la permission de m'expliquer. La prof, qui était déjà au courant de ma situation, a accepté à condition que nous restions discrets. Je la fixe comme si elle était folle. Comment peut-elle se comporter ainsi après l'accueil qu'elle m'a réservé hier soir ? Elle a sûrement un désordre psychologique, un dédoublement de la personnalité.

Demandez le programme ! La prof écrit sur le tableau et je copie les noms d'illustres inconnus (sauf Victor Hugo car j'ai vu *Les Misérables*) : Honoré de Balzac, Gustave Flaubert, Guy de Maupassant, Stendhal, Émile Zola, Molière, Marivaux, Racine, Charles Baudelaire, Louis Aragon… Chacun tombe dans une catégorie : réalisme et naturalisme, classicisme, romantisme, surréalisme.

À l'écrit, je peux comprendre un peu quand les mots en français ressemblent à ceux en anglais ou en italien. N'empêche que la tâche est insurmontable.

Deborah m'explique le devoir : « Estimez votre motivation sur une échelle de 0 à 10 et expliquez comment vous anticipez cette année de seconde. »

Sans bonne âme comme Deborah, le reste de la journée se passe dans une brume épaisse. Je suppose que comme en français, les profs savent qu'ils ont un élève non francophone dans leur classe, mais ça leur fait une belle jambe.

À nouveau, à la sortie, j'aperçois Deborah, accompagnée d'un garçon souriant. Cette fois, je suis prudent et je ne l'aborde pas. Peut-être qu'on lui jette un sort à partir de 17 heures ?

– Tu me snobes ? me dit-elle.

– Non, non, je bredouille, je suis juste pressé parce que mon tuteur de français vient chez moi.

– C'est bien. N'hésite pas à me demander de l'aide aussi.

Elle prend ensuite mon numéro de téléphone et m'envoie le sien.

– Je te présente Victor.

– *Hi !* je dis.

– Je veux bien échanger de l'aide en anglais contre une autre matière de ton choix, dit Victor.

– Volontiers pour l'anglais et je te dirai où sont mes plus grands problèmes. Pour l'instant, c'est tout et partout.

– Affaire conclue.

Mon oncle n'a pas choisi la tutrice pour sa beauté ou sa jeunesse. Elle ressemble à un personnage de bande dessinée un peu dingue, cheveux rouge flamme, lunettes jaunes, assez ronde, autour de soixante-cinq ans. Ses grosses cuisses débordent de sa minijupe. Je fixe son décolleté plongeant et je décide que je l'aime. La beauté est intérieure.

Elle commence par m'aider avec le devoir que je dois rendre au sujet de ma motivation.

– Je l'estime généreusement à 2 sur 10, tellement la montagne est haute. Presque autant que mon désespoir.

– On va réévaluer ça tous les mois. Ce n'est pas si mauvais de commencer par être réaliste.

Elle tape très vite sur mon ordinateur en traduisant tout ce que je dis. Je lui confie qu'étant donné mon niveau zéro en français, je prévois une année d'épouvante, d'horreur, de terreur, de honte, de panique, d'ennui. J'aurais pu continuer longtemps avec mes prévisions.

Elle m'a fait lire « mon » essai en m'expliquant, en me faisant bien prononcer et, à la fin, j'avais l'impression de comprendre.

– Vous parlez l'anglais à la perfection.

– Je n'ai aucun mérite, je suis anglaise.

– Pas possible. Je ne suis pas juge mais je dirais que vous parlez le français comme une Française.

– Ça prouve que c'est possible. C'est peut-être pour ça que votre oncle m'a choisie parmi tous les candidats.

– Est-ce que je peux vous inviter à dîner avec moi ?

– C'est prévu. Nous allons au restaurant. Il y a aussi des excursions à Paris, des voyages en France et en Europe : votre oncle a établi un programme culturel merveilleux ! À partir de maintenant, je me suis engagée à ne parler que le français. On va fournir de grands efforts au début tous les deux, mais vous verrez, ça va devenir de plus en plus facile.

Mon français consiste à dire « oui » et « non », à hausser les épaules et les sourcils, un langage rudimentaire fait de gestes et de signes.

Elle me remet une caisse de livres, de manuels, de films, de méthodes avec une liste de devoirs à faire pour la prochaine fois. Comme elle va venir tous les deux jours, j'ai à faire.

– La seule chose indispensable pour que ce programme accéléré porte ses fruits, c'est ton entier dévouement et ta coopération. On va se tutoyer.

Le restaurant du « programme » onclesque est marocain, un vrai dépaysement, les murs couverts de carreaux orientaux, le mobilier en bois sculpté. J'étudie le menu mais ma tutrice, qui s'appelle Gillian, me conseille d'essayer le couscous. Je suis gustativement curieux et sans freins. Je n'en ai jamais mangé, je n'en ai jamais entendu parler. Chaque bouchée est une aventure. Pour la première fois, je ne suis pas mécontent d'être en France... ou au Maroc !

Avant de partir, elle m'embrasse sur les deux joues et je remplace mon 2 de motivation par un 3.

Une fille peut en cacher une autre

J'écoute une des chansons du chanteur Jean Ferrat. Mon père chantait beaucoup en français. Je ne pigeais rien mais j'aimais l'écouter. Et c'est pareil maintenant. Le chanteur me rappelle mon père. Il chante Aragon, un des noms que la prof a mis sur le tableau. Gillian doit être au courant. Sans comprendre, je chante avec lui en suivant les paroles écrites :

« Rien n'est précaire comme vivre
Rien comme être n'est passager
C'est un peu fondre comme le givre
Et pour le vent être léger
J'arrive où je suis étranger
Un jour tu passes la frontière
D'où viens-tu mais où vas-tu donc
Demain qu'importe et qu'importe hier
Le cœur change avec le chardon
Tout est sans rime ni pardon. »

Je demanderai à Gillian de me l'expliquer.

Avant de m'endormir, je suis tellement occupé que je ne téléphone pas à Brad. J'ai rempli dix pages du manuel. Je me suis remis en mode bon élève.

Au réveil, je suis moins terne et taciturne, je dis bonjour à Bernadette et je vais jusqu'à ajouter : « Comment ça va ? » Je n'attends pas la réponse que je ne comprendrais pas de toute façon, mais malgré le peu de temps passé en France, j'ai compris que personne ne veut la réponse. La question est presque une onomatopée, comme : « *Yo bitch !* »

J'apprécie le petit déjeuner, que je ne sauterais pour rien au monde, contrairement à Brad qui préfère dormir dix minutes de plus. Non, je me réveillerai plus tôt pour savourer chaque goutte du breuvage (jus d'orange frais) et chaque miette de ce festin. Le pain, c'est indéniable, est meilleur en France. Le beurre aussi. Et le fromage, n'en parlons pas. Bernadette est devant moi, prête à me servir à nouveau du chocolat chaud en disant : « Encore ? » Son bonheur semble surgir quand je dis oui.

Je suis moins prudent quand je vois Deborah dans le préau ce matin. À elle aussi j'offre un bonjour-comment-ça-va tonitruant. Elle fait volte-face et déguerpit. Mais une fois en classe, je la retrouve tout sourire. Est-elle bipolaire ?

La professeure ramasse nos copies en y jetant un coup d'œil. Le malheur veut qu'elle tombe sur la mienne et s'exclame :

– Monsieur Charles ! Motivation 3 sur 10 ?

J'ai recours à mon plus expressif haussement d'épaules.

Je déjeune en anglais avec Victor. Si, dans six ans, je parle français comme il baragouine en anglais après autant d'années de cours, je me flingue. C'est tellement horrible que j'en perds l'appétit. Un martyre. Je lui demande comment acheter des tickets de métro. Il me promet de m'aider à faire une carte Navigo qu'on recharge et puis *go go go*.

Après les cours, en marchant vers le métro, il m'explique que certaines stations n'ont pas de guichets. Il m'aide à faire la démarche et j'ai l'impression d'avoir des ailes. Je le salue en me disant que ce serait cool de l'inviter à la maison, avant de m'engouffrer sous terre. Cette fois je prends la ligne 8 et je fais un long voyage jusqu'à Bastille en passant par des stations prestigieuses comme Invalides, Concorde, Madeleine et Opéra. Au guichet, on m'a offert un plan du métro que je suis en cochant chaque station qu'on passe. Si je n'ai pas de but, j'ai une méthode. Quand j'arrive à Créteil-Pointe du Lac, je rebrousse chemin. J'observe la mode dans le métro : beaucoup de jeans, des chaussures, des tennis, des expressions vides qui fixent les téléphones. J'essaie de croiser un regard mais personne ne me regarde. Je parle à papa : « Connais-tu Bastille, Chemin Vert, Filles du Calvaire, République, Strasbourg-Saint-Denis, Bonne-Nouvelle ? »

Personne ne me demande où j'étais quand je rejoins Bernadette à la cuisine. Les débuts et les fins de journées se ressemblent. Je mange, je me délecte de la cuisine traditionnelle française. Pas d'épices orientales et relevées, mais la blanquette de veau me convient bien. Avec une banane.

Tout comme j'ai coché des stations du métro, je coche la liste de devoirs donnés par Gillian qui reviendra demain. J'aime ces manuels qui me rappellent le *first grade*. La partie audiovisuelle est bien faite aussi. Je lis la phrase à voix haute et on me corrige.

Ça m'amène jusqu'à minuit, l'heure de téléphoner à Brad qui me projette à West Hill, avec les profs, les élèves, les équipes, les amis. Quand il me dit « Personne ne m'a jamais manqué comme toi mon Alex, mec », les larmes me montent aux yeux.

Galère ! En route pour le lycée pour une nouvelle journée de supplices, je vois Deborah mais je me retiens de l'aborder. Elle est avec une autre fille. Quand j'arrive à leur niveau, je constate que cette fille est l'exacte réplique, le clone de Deborah.

Et je comprends. Je dis à l'une d'elles dont j'espère qu'elle est Deborah :

– Vous êtes jumelles ?

– Je te présente ma sœur Dahlia.

– Désolée, me chuchote celle qui n'est pas Deborah. Je devrais avoir l'habitude ! On nous confond souvent. J'ai réagi violemment l'autre jour.

Elles ne sont pas habillées pareil mais je ne m'en étais pas rendu compte jusque-là.

Des jumelles ! Ça tombe bien. À travers elles, je vais peut-être comprendre quelque chose sur mon père et mon oncle.

Vivre dans un roman policier

Un soir, en rentrant du lycée, deux brutes encadrent la porte d'entrée et me barrent la route. Je vois le pire : le cuir noir, les barbes noires, les tatouages, leur taille immense, leurs expressions hostiles. Est-ce qu'on peut se fier aux apparences ?

– Où est monsieur Charles ?

Le ton est dur. Je réponds :

– C'est moi ! en me montrant du doigt.

Une brute épaisse dit à l'autre.

– Il n'est pas marié, il n'a pas de fils.

– Louis-Pierre Charles.

– En Chine.

– Il revient quand ?

Je fais mon habituel haussement d'épaules. Ils murmurent quelque chose en italien d'un ton menaçant mais pas assez fort pour que je comprenne, et ils repartent sans un mot de plus.

C'est fou combien on communique sans mots.

Mon père pensait que les milliardaires ne pouvaient pas avoir fait fortune honnêtement. Lui-même a fait fortune sans effort grâce à la mort de ses parents. Je ne sais pas comment ses parents morts avaient, eux, fait fortune, peut-être par la mort de leurs propres parents ?

Mon oncle n'est pas un sentimental, mais il m'a recueilli, a organisé ma vie chez lui (sans lui), il tente peut-être de me prévoir un avenir (glauque) après un passé en miettes et un présent lugubre. D'une certaine façon, dans la mesure de *son* possible, il m'a fait entrer dans sa vie. Pour cela, j'irai le voir en prison s'il le faut. Peut-être à ce moment-là sera-t-il heureux de me voir. Je ne sais pas ce qu'il fait ou ce qu'il a fait pour être associé à de tels truands mais, sauf s'il me demande de commettre un meurtre, je lui resterai fidèle. Je me demande si ce travail est lié au départ de mon père. Et puis doit-on le juger sans preuves et sans procès ?

Depuis les quelques semaines que je travaille seul et avec Gillian, je peux sortir de mon cerveau quelques phrases cohérentes. J'en offre une à Gillian :

– Savez-vous ce que fait mon oncle comme travail ?

– Quelque chose qui rapporte gros car il me paie royalement et il ne vit pas mal.

– Mais quoi ?

– Tout ce que je sais, c'est que ça le fait voyager. Il n'a pas montré son visage ici depuis que nous avons commencé nos leçons.

« Il n'a pas intérêt avec ces crapules à ses trousses », je me dis à moi-même.

Gillian est un personnage de roman ou de film (ou de cirque !). Je suis plus grand qu'elle. Aujourd'hui, elle a un gros nœud à pois roses et jaunes dans les cheveux comme Minnie Mouse. Elle aime les couleurs, elle est extravagante. Quand on a appris les noms des membres de la famille : mère, par exemple, je lui ai demandé si elle était mère. Elle a dit non de la tête. Et puis : « Je suis une célibataire endurcie... avec beaucoup d'amants ».

En réponse à mon regard interrogatif, elle a fait des bisous en l'air et a chanté : « Quand il me prend dans ses bras, il me parle tout bas, je vois la vie en rose. » Il se fait qu'elle est souvent habillée en rose.

Il y a des gens comme ça, on les voit et on sait qu'on est tombé si ce n'est amoureux, du moins en amitié, en affection, en admiration. Quelle chance pour moi de l'aimer au point de vouloir faire de mon mieux. Il y a aussi la nécessité urgente de pouvoir parler ce patois infect. Elle n'en revient pas de mes progrès. Il n'y a pas une minute où je ne travaille pas, même dans le métro, même au piano.

J'ai commencé les cours au conservatoire avec une prof gentille elle aussi, Valérie. J'apprends le vocabulaire musical en français : blanche, noire, croche et soupir. Mon père m'a appris l'équivalent de A, B, C, D, E, F, G avec les *do*, les *mi*, les *ré*, les *sol*. *La Mélodie du bonheur* a aidé *(« Do, a deer, a female deer, re, a drop of golden sun... »).* Bien que j'assiste au spectacle des jeunes qui pleurent en sortant de leurs cours, Valérie a du tact et ne me fait pas de peine quand elle me fait cadeau de ses critiques.

Aujourd'hui, Gillian m'explique la différence entre le passé composé, le passé simple et l'imparfait. Galère ! Pour l'instant je parle au présent. Oublions le passé. Non, n'oublions pas le passé !

Gillian m'a demandé de regarder le journal télévisé et me questionne sur les nouvelles. Je triche en écoutant la BBC. Je lui dis alors que cet abruti fou furieux irresponsable de Poutine a encerclé et envahi l'Ukraine. J'ajoute un mot que mon père aimait : « Connard. » Et même pire que ça. Elle n'est pas choquée. Elle brise le pacte et oublie le français une seconde pour crier : « *Fuckface!* » Elle n'a pas peur d'appeler un chat un chat.

Elle profite de chaque phrase pour aller plus loin. Elle me fait une liste d'expressions et me demande de décrire une situation dans laquelle on l'utilise : tomber dans les pommes, être roulé dans la farine, raconter des salades, rentrer dans sa coquille, les doigts dans le nez, se regarder le nombril, mettre son grain de sel. Il y a à boire et à manger dans les expressions françaises.

Plus Gillian me donne du travail, plus je suis content. Je n'ai pas une vie sociale folichonne et je veux pouvoir reprendre le cours de ma propre vie dare-dare.

En plus des cours en face à face, Gillian me téléphone tous les jours entre midi et deux, ce qui fait passer ce trou absurde au milieu de la journée sans lequel les Français ne peuvent pas survivre car les repas sont sacrés (même à la cantine alors que la nourriture est à vomir). Elle pense que le téléphone offre une autre sorte d'écoute. Je lui raconte le menu mirobolant. Je commence à connaître des mots en français que je ne sais pas traduire en anglais : salsifis ? blettes ? topinambours ? panais ?

Gillian rit beaucoup. Sa bonne humeur est contagieuse. Elle écoute profondément. Il y a peu de gens qui savent écouter.

Elle m'a invité chez elle un jour dans son appartement en douce pagaille. Les livres semblent manger chaque pouce jusqu'à l'étranglement. C'est grand mais il n'y aurait jamais de place pour une personne supplémentaire. Les étagères sont au bord de l'effondrement. Par terre, partout, des gratte-ciel de livres, des piles, des collines, des montagnes en équilibre douteux. Rien n'est rangé dans des placards ou des armoires ou des tiroirs, tout est offert à la vue. Ça ne pourrait pas être plus à l'opposé de mon « petit » nid : la maison de mon oncle. Je pense à Marie Kondō dans sa série à la télé américaine. Mon père, ultra ordonné, aimait beaucoup cette émission. Petite Marie japonaise allait de maison en maison, de pagaille en pagaille, pour aider les gens à faire de l'ordre. Pour éliminer un objet, un vêtement, un ustensile, elle posait la question : « Est-ce que ça vous donne de la joie ? » Sinon, on jette. Quand mon père visitait ma chambre, quand même moins rangée que le reste de la maison, il soulevait des machins et des trucs et me posait cette question fatale : « Est-ce que ça te procure de la joie ? Si oui, tu gardes, si non, tu jettes. »

– C'est bordélique, je dis à Gillian.

– Tu apprends trop vite.

– Je peux t'aider à faire de l'ordre. J'ai une méthode.

– Je t'en prie !

Quand j'ai quitté son immeuble, j'ai remarqué une grosse voiture noire comme un corbillard qui me suivait.

Mais elle n'a pas pu me suivre dans le métro.

Un week-end de rien avec un bonus

Ce week-end, comme tous les week-ends, Bernadette et Yacine sont partis. Leurs fins de semaines sont libres, comme le veut la stricte législation sur le travail en France où le sport national, c'est la grève. Comme les autres fois, je leur ai assuré que je pouvais me débrouiller seul pendant deux jours. Le frigo est plein, le garde-manger aussi. Et j'ai tout l'argent du monde pour manger au restaurant. Mais tout l'argent du monde ne peut pas faire revenir mon père ou ma vie américaine. Ça ne peut même pas faire revenir cet oncle qui a les mêmes chromosomes que mon père.

Qu'est-ce qu'il fait ? Qu'est-ce qu'il pense ? Tellement semblable à mon père, tellement différent.

Même si Gillian m'a expliqué qu'ici l'on dit « Il pleut des cordes », je persiste à me servir de l'expression anglaise « Il pleut des chats et des chiens ». Mais il fait bon dans le métro ce samedi matin sans la foule. Je prends la ligne 9, qui a longtemps été la deuxième ligne la plus longue (après la ligne 8). Elle fait 19,6 kilomètres. Je sais que dans le métro parisien, si les tentatives de suicide sont en baisse, le nombre d'agressions est en hausse. Je suis en route pour Mairie de Montreuil. Jamais ne me vient l'idée de monter dans le métro et de sortir à Trocadéro, à Franklin D. Roosevelt, à Miromesnil, à Richelieu-Drouot ou à Robespierre. Il y a tout un monde animé en haut mais je ne veux pas quitter mon cocon souterrain. Un jour peut-être, mais pas un jour de pluie.

Deux allers-retours et une partie de la matinée passe.

Je rentre, je fais quelques devoirs. Gillian, qui a aussi pris son samedi pour cause de nouvel amoureux, m'a fait lire les poèmes de Jacques Prévert et m'a demandé d'écrire un poème à mon tour.

Je perfectionne mon morceau pour Valérie au conservatoire. Je me prépare un sandwich au thon, comme mon père le faisait quand j'étais petit. Quelques larmes se mêlent à la mayonnaise.

La pluie tombe dru. J'adore l'écouter, la voir… de l'intérieur. Je pars à la découverte de la maison. Jusqu'à présent, je n'osais pas m'aventurer hors de ma chambre, la cuisine, la salle du piano. Je commence par la cave. Je ne suis pas tenté par les centaines de bouteilles qui auraient pourtant le pouvoir de me faire oublier ma solitude. Mon père me faisait goûter du vin de temps en temps avec beaucoup de précaution. J'aimais mieux l'eau. Et le lait ! Je me rends compte que j'ai cessé de boire des verres de lait ici. Personne n'en achète et je ne pense pas à m'en procurer par moi-même. Je le buvais avec des *chocolate chip cookies* faits maison. J'ai vu des imitations de « cookies » dans des pâtisseries, j'en ai même goûté, mais ce n'est pas ça. Un jour j'en ferai. Et j'achèterai du lait.

Comme tout le reste de la maison, la cave est tellement bien rangée que ça ne ressemble même pas à une cave. La nôtre était pareille mais pas à ce point car mon père gardait tous mes cahiers, mes anciens jouets, et même mes vêtements de bébé.

L'évocation de ces accumulations m'a donné envie de voir le grenier. Et là je suis surpris par un bazar sans nom : des monceaux de cartons, de valises, de malles, que j'ouvre les uns après les autres.

Je ne cherche rien en particulier, ou si, peut-être, des reliques de l'enfance de mon père. Il a bien grandi dans cette maison, comme je le pressentais. Je déambule entre des souvenirs potentiels de sa jeunesse. Il y a, comme chez nous, des cahiers de Louis-Pierre et de Pierre-Louis que je compare, que je parcours, accompagné de la musique de la pluie.

Je me perds dans les albums de photos. J'y passe des heures. Je rencontre ceux qui, je suppose, sont mes grands-parents et qui ont chacun un petit garçon identique sur les genoux. Sur un cliché, deux « grands-mères » encore trop jeunes pour l'être se ressemblent. Laquelle est la vraie ?

Je remarque que les regards des deux enfants sont systématiquement verrouillés l'un sur l'autre. Dans toutes les photos, il y a une complicité presque spirituelle, comme si ces deux-là étaient encore dans le ventre de leur mère.

J'ai aussi trouvé un carton de jeux de cartes. J'y reconnais, j'en suis sûr, une des fameuses collections de mon père qu'il a continuées en Amérique. Je prends les cartes une à une et je les frotte contre ma joue. Les mains de mon père ont tenu ces cartes.

Dans quelle galère ont-ils pu s'installer ? Qu'est-ce qui a bien pu leur arriver ?

Jumeaux/jumelles

Voilà quelques semaines que Deborah m'a donné son numéro. Je me décide enfin à l'appeler.

– Il fait éperdument mauvais.

– Paris n'est pas la Côte d'Azur.

– Que fais-tu ?

– Je lis les livres du programme de français pour avoir de l'avance.

– Et ta sœur ?

– Elle ne va pas tarder à arriver. Nous ne vivons pas ensemble.

– Quoi ?

– Nos parents sont divorcés. Ma mère ne voulait pas nous séparer, mais elle n'a pas réussi. Mon père ne voulait pas vivre sans nous. Alors, comme la décision du roi Salomon, ils nous ont coupées en deux, Dahlia chez mon père, moi chez ma mère. On était petites.

– C'est dur.

– On s'habitue. Nous sommes ensemble les week-ends, tantôt chez le paternel, tantôt chez la maternelle.

– Mais pas aujourd'hui ?

– Non, ma sœur ne voulait pas sortir de sa chambre et moi non plus.

– Veux-tu venir manger chez moi demain… si par hasard tu veux sortir de ta coquille ?

– Tu parles vraiment de mieux en mieux. C'est étonnant.

– Il me manque encore quelques subtilités ! Veux-tu venir ?

– Ma sœur vient demain.

– Je vous invite toutes les deux. Je vous ferai un repas américain.

– Je demanderai à Dahlia.

– Dis-moi dès que tu sais. Je ferai les courses.

– Tu es seul ?

– Oui, le personnel a pris un week-end.

– Ma mère est partie aussi. Elle a un nouvel amoureux.

– Et ton père ?

– C'est un séducteur en série.

Galère ! Les vies sont compliquées. Celles de Deborah et de Dahlia et de chaque personne qui respire. Gillian ? Valérie ? Depuis que j'ai découvert la gémellité de mon père, je m'intéresse aux jumeaux. Je suis fasciné.

Deborah m'a envoyé un texto pour dire que sa sœur et elle seraient là à midi et demi le lendemain. Ce sera la première fois que j'invite quelqu'un en France, la première fois que j'invite sans mon père. J'étais un bon commis mais c'était lui le chef. C'est la première fois que je cuisine avec ces appareils high-tech, je ne sais pas allumer le four ! C'est mon premier face-à-face avec des jumelles. Est-ce qu'elles vont pouvoir m'aider à y voir plus clair ?

Grâce à l'organisation impeccable des lieux, je trouve les modes d'emploi de tout l'électroménager. Dans une petite supérette haut de gamme qui correspond bien au quartier, j'achète tous les ingrédients. Je fais des cookies, un *meatloaf*, des *baked potatoes*, une salade de pousses d'épinards. Je suis ravi de cesser de m'apitoyer sur mon sort le temps des courses et de la cuisine. Au lieu de mettre la table dans la salle à manger froide et transparente, je reste dans la cuisine certes en inox, mais avec un îlot magique qui prend la forme d'une table en bois massif avec ses tabourets assortis.

Comme elles arrivent un peu en retard, je suis sûr que j'ai mal compris, que je me suis mal exprimé, qu'elles ne vont pas venir, ce qui ne sera qu'une petite déception dans la grande tragédie de ma vie. Je servirai le repas à Bernadette quand elle rentrera ce soir.

Quand ça sonne je cours ouvrir. Je ne suis pas fier du lieu où j'habite, rien à voir avec notre maison douillette, accueillante et remplie d'antiquités dans le Connecticut, mais les filles sont bouche bée. Malgré la pluie qui n'a pas cessé, la maison est baignée de lumière encore amplifiée par les miroirs et les meubles transparents et métalliques. Ça en jette ! Elles ont acheté des fleurs.

Je demande les noms de chaque fleur pour les consigner dans mon cahier : le crocus, l'anémone, l'aster, le zinnia, le chrysanthème, le pétunia.

J'insiste pour parler en français alors qu'elles aimeraient améliorer leur anglais lamentable. Je donne la recette des cookies en anglais. J'explique la composition du *meatloaf*. Il y a quelques échanges de vocabulaire, mais je tiens bon en français.

Leurs commentaires sur mon déjeuner vont de « miammm » à « sublime ». Je trouve que mes pommes de terre en robe des champs ne sont pas aussi bonnes que d'habitude parce que je n'ai pas trouvé celles d'Idaho, les meilleures !

Je démarre mon interrogatoire :

– Est-ce que vous considérez que c'est une chance d'être des jumelles ?

– Sûrement, surtout dans l'habitat sombre et noir de l'utérus de notre mère, c'était bon de ne pas être toutes seules.

– Et les premières années aussi, Dahlia était toujours là, jamais à plus d'un mètre de moi.

– Et puis nos parents, jusque-là normalement intelligents, se sont mis à se bagarrer… Sans doute à cause des excursions de notre père chez d'autres femmes.

– Et nous avons été brutalement séparées, arrachées l'une à l'autre.

– Je ne pouvais pas m'endormir sans elle.

– Mon lit était une grosse flaque de larmes.

– Vous vous êtes habituées ?

– Jamais ! disent-elles en chœur.

– Mais depuis qu'on a des téléphones, on se parle tout le temps et on s'envoie des messages.

– Ce n'est pas pareil.

– Quelles sont vos différences ?

– Nous n'avons pas les mêmes empreintes digitales.

– Nous n'avons pas le même anniversaire !

– Sans blague ?

– Je suis l'aînée, née le 17 mars à 23 h 55 et Dahlia le 18 mars à 0 h 11.

– Incroyable ! Vous pouvez le fêter à minuit.

Je pense aux anniversaires que mon père a organisés, aux gâteaux qu'il faisait, aux jeux qu'il achetait. Petit, il y avait des clowns, des magiciens, plus grand, un animateur, des tournois, des jeux de société. C'était toujours une journée rayonnante du mois de mai avec un amoncellement de cadeaux, toute la classe, quelques voisins. Pas de famille parce qu'on n'en avait pas. On faisait toujours un *sing-along* avec nous deux au piano, en distribuant des feuilles avec les paroles : « *You are my sunshine, my only sunshine, you make me happy, when skies are grey* », mon père se tournait vers moi comme pour me dire que c'était moi son soleil.

– Comment vous fêtez les anniversaires ici ?

– On va au restaurant avec nos deux parents qui nous accordent pour l'occasion un cessez-le-feu provisoire, des fois nos grands-parents, s'ils sont dans les parages.

– Et les copains ?

– C'est un des problèmes des jumeaux : nous nous suffisons à nous-mêmes.

– On a développé une langue secrète. Je sais ce que Deborah pense comme si je vivais dans sa tête.

– On ne vit pas ensemble, mais nos intérêts restent identiques. Si je demande à Dahlia ce qu'elle lit, c'est souvent le même livre que moi. Elle regarde beaucoup de séries avec notre père. Maman n'a pas de télé et ne veut pas s'abonner au streaming.

– On n'a jamais été dans la même classe, on ne s'habille pas pareil. Maman veille à ce qu'on garde notre individualité.

– N'empêche qu'elle est moi et je suis elle.

– On n'avait pas besoin d'un ami imaginaire.

– On a un lien inaliénable.

– Et si vous tombez amoureuses du même type, que faites-vous ?

– Jules et Jim.

– Jules et Jim ?

– C’est un film sur une femme avec deux hommes, un ménage à trois.

– Sérieusement ?

– Non, on s’arrangera.

Je me demande si mon oncle est tombé amoureux de la même femme que mon père, ce qui a fait que mon père est parti avant que la dispute ne s’aggrave. D’après ce que les jumelles m’ont dit, ça a dû être horriblement difficile et déchirant de se séparer.

Pourquoi l’ont-ils fait ?

Victor

Bernadette a mangé les restes du *meatloaf* et me demande la recette. C'est une femme d'une soixantaine d'années, grande et squelettique, grisonnante et grise, sans chaleur ou personnalité, mais dévouée à mon oncle et à tout ce qui va avec, donc moi ! Nos relations ont fait un grand bond depuis que nous pouvons, tant bien que mal, communiquer. Et puis elle est la seule personne autour de moi alors je fais avec. Elle a aussi adoré les cookies, mais elle est raisonnable et s'est limitée à un seul.

Victor m'attend tous les jours devant le lycée comme Brad autrefois. Il est grand comme moi, sportif, sociable, sensible, populaire – il semble avoir des amis en quantité. Il fait des progrès en anglais pour la simple raison que je l'ai encouragé à regarder *13 Reasons Why* en VO avec des sous-titres en anglais. Il est complètement accro. Il répète les phrases en mettant la vidéo sur pause, puis il regarde une deuxième fois.

En échange de mes leçons d'anglais déléguées au streaming, il m'explique les leçons d'histoire comme si c'étaient les derniers potins. Nous en sommes encore au Moyen Âge, loin de la Révolution française, mais pas loin de la « découverte » des Amériques. Nos discussions aident et j'ai plus d'enthousiasme pour les cours. Ça ne rigole pas !

Victor est le premier à m'inviter chez lui, encore un chez-lui en garde alternée. Existe-t-il des familles « normales » ? Nous sommes chez son père dans une ambiance adorable parce que son père a eu un bébé, ce qui fait que Victor a une sœur de quinze ans de moins que lui, Véra. Je suis immédiatement gaga de ses sourires, de ses gazouillis, de ses rires. Je joue avec elle à *peekaboo*. Je lui chante *The Eensy Weensy Spider*. Je n'ai jamais fréquenté de bébés car je suis sans famille, cousins, cousines, alors je découvre la joie qu'ils procurent. Je suis désigné pour lui donner sa purée, et même quand elle me crache la première cuillerée au visage, je suis fou amoureux d'elle.

La belle-mère de Victor, Véronique, est bien plus jeune que son père et on dirait que Victor ne la porte pas dans son cœur. Par solidarité, moi non plus.

Le père de Victor, Vincent (ils sont abonnés à la lettre V), est psychiatre. Par déformation professionnelle, il a une écoute particulière. Il m'a posé quelques questions pour savoir pourquoi je suis venu en France. Il en a eu pour son argent avec ma réponse pleine de bruit et de fureur : mort violente des parents, expédition chez le frère jumeau dont j'ignorais l'existence, oncle absent et solitude totale dans une grande maison vide, français absent aussi mais apprentissage accéléré, etc.

– Tu ferais bien de parler avec un psy.

– Mon oncle n'a pas prévu ça dans le programme qu'il a soigneusement élaboré pour moi.

– Je pourrais te trouver quelqu'un et en parler avec ton oncle, si tu veux. Est-ce que tu te sens déprimé ?

– Pas aujourd'hui, dis-je en montrant du doigt bébé Véra.

– Comment tu te vois plus tard ?

– À l'Académie française !

– Et toi, mon fils ? demande-t-il à Victor.

– Psy, papa, comme toi. Et comme maman. Tu sais bien que j'aime fouiller dans la tête des gens, comprendre ce qui les fait vibrer.

– Il faut faire médecine dans ce cas, et tu aimes surtout l'histoire.

– C'est un problème en effet.

– Tes deux parents sont psychiatres ?

– Oui, les enfants de cordonniers sont les plus mal chaussés.

– Cordonniers ?

– *Shoemakers*. Que faisait ton père ?

– Rien ! Homme au foyer. Il m'a élevé seul.

Je suis reparti en me demandant si papa avait fait des études. Sûrement puisqu'il a rencontré ma mère à l'université. Il était un bon pianiste aussi et il composait même des chansons parfois. Avant la mort de ses parents, j'imagine qu'il a dû, comme tout le monde, prévoir un avenir avec la nécessité de gagner sa vie. Mais tout ça est un mystère.

Galère ! Avant de rentrer dans l'espace stérilisé qui me sert de maison, j'ai trempé mon corps dans le bain de foule du métro. À force de les prendre l'une après l'autre, je connais toutes les lignes. Chaque station est écrite dans mon cahier. Au printemps, je choisirai des arrêts au hasard et je m'aventurerai dans les différents quartiers. Pour l'instant je suis encore cantonné sous terre, comme le quasi-mort que je suis.

Toujours pas d'oncle

Bernadette et Yacine sont heureux d'avoir leurs week-ends. Aucun signe de vie de mon oncle et je ne sais pas s'il serait content de me savoir seul et livré à moi-même. (Je crois qu'il s'en fiche !) Gillian me promène certains samedis comme un caniche au bout d'une laisse. Musées et musées. Et musées. Galère ! L'art n'a jamais joué un grand rôle dans ma vie, à part de rares visites à Manhattan pour voir une comédie musicale à Broadway. Maximum un musée par séjour. Et maximum trois tableaux par musée. Avec Gillian, c'est une orgie de tableaux. On les fait un à un jusqu'à n'en plus pouvoir. Elle me demande d'en choisir un pour ma chambre. Cela me motive à classer mes préférés. Voudrais-je vivre avec celui-ci ou celui-là ? Ça devient un jeu.

Dimanche j'ai quartier libre : piano, devoirs, et grenier. Le grenier est l'endroit que j'aime le plus dans la maison, un mini-marché aux puces. Je regarde à chaque fois les albums photos. J'en suis arrivé à la période où mon père avait mon âge. Il était moi ! Enfin lui ou son frère car je ne sais pas vraiment qui est qui, ou bien si. Il y a un quelque chose qui définit mon père. Une expression coquine, plus rieuse que son frère. Au fil des années, je reconnais cette dame mystérieuse qui est parfois sur les photos maman-papa-jumeaux. Et puis j'en trouve une d'elle avec écrit derrière *Élisabeth*. Encore une question à poser à l'oncle. Encore une question à laquelle il ne répondra pas. Je suis capable de parcourir ces albums pendant des heures, c'est une façon de garder mon père avec moi.

Mais aujourd'hui j'ouvre une autre valise couverte d'initiales LV, je reconnais le sigle. C'est chic et cher et moche. Si j'étais pirate à la recherche d'un trésor, je serais déçu mais je suis l'archéologue de mon passé et j'ai trouvé le magot. Ce ne sont pas des liasses de billets de banque ou des bijoux couverts de pierres précieuses, mais des lettres, classées chronologiquement. J'étudie cet or en papier. Les premières datent d'il y a dix-sept ans et sont adressées à mon père. Pourquoi et comment se sont-elles retrouvées ici ? J'ouvre en même temps la valise jumelle qui se trouvait à côté et cette fois ce sont des lettres adressées à mon oncle.

J'alterne : la première est déjà une bombe. Je sais que je marche sur un terrain miné.

Mon Pierrot,

Tu sais que ce n'est pas mon genre d'étaler ma souffrance, mais sache au moins pour cette fois que je souffre, j'agonise, je pleure. On ne reviendra pas dessus. Nous avons passé toute notre vie comme des siamois et la séparation me fait aussi mal que si j'avais fait une chute du haut de la tour Eiffel. La douleur est partout, veux-tu la liste ? Comme si on m'avait arraché une jambe, un bras. Même si je sais que tu es vivant, que tu vas t'en sortir, et que malgré notre accord, je pourrais venir te voir, je me sens amputé.

Je t'ai conduit à l'aéroport, je t'ai accompagné jusqu'à la porte d'embarquement, nos larmes étaient aussi identiques que nos corps. Je me noyais dans ce liquide salé et amer. Je sentais mon cœur se déchirer en deux. Mais je savais que c'était la seule solution. Et toi aussi.

Cette tragédie ne m'a pas transformé en adulte, mais directement en vieillard tellement souffrant qu'il ne voit pas d'autre issue que la mort. Après notre enfance, notre adolescence, troublée mais belle, voici la deuxième mort que nous avons à affronter, après celle de nos parents : la nôtre.

Notre héritage nous assure tous les frais de ton déménagement, dérisoires par rapport à notre fortune. Mais l'argent ne fait pas tout.

Tu le sais, n'est-ce pas ?

Comment allons-nous vivre l'un sans l'autre ?

Je t'aime avec toute la force que puisse avoir l'amour,

Loulou

Je pioche immédiatement dans l'autre valise sans m'attarder sur mes propres émotions :

Mon Loulou,

Sans ta force, sans ton soutien, sans ton bon sens, on m'aurait peut-être repêché dans un caniveau. Dire que je souffre, de ma propre faute, serait une litote. On n'en serait pas là si je t'avais écouté. Mais il y a des choses au-delà de notre contrôle. Toi tu incarnes le bon sens, la raison, la droiture, l'intelligence. Moi, ben on sait. Tu m'as toujours appelé l'artiste, comme si ça excusait tout. Cela dit, tu es aussi artiste que moi, même si tu as choisi Polytechnique alors que moi c'était Normale sup.

Tu as même su m'inscrire à l'université aux États-Unis pour continuer les études en musicologie que j'aime tant.

Mais à quoi bon quand je me languis de toi si fort que je ne pense à rien d'autre.

Au moins on peut s'écrire…

Je t'aime mon Loulou, Louis-Pierre, ma pierre, mon sol, ma terre.

Pierrot

Deux lettres, quelques centaines de mots et la terre tremble sous mes pieds. Je ne sais pas quoi faire de l'orage dans ma tête. Mon père parfait, mon père mort qui ne peut pas se défendre, qu'est-ce qu'il a pu faire pour être contraint à l'exil ? Je ne sais pas où me mettre, que faire de mon corps, de mes mains, de mes pieds, à part les suivre sous terre dans les boyaux de Paris. Je pense prendre pour une fois le RER, mais je n'ai aucune envie de retrouver la lumière du jour. Je prends donc la ligne 2. Les stations sont désertiques, les rames dépeuplées, ce qui satisfait peu mon besoin de me noyer dans la foule. Quand j'arrive au niveau de Nation, mon téléphone sonne. C'est Victor : « Tu as rencontré mon père, veux-tu venir dîner chez ma mère ? » Désireux de me soulager de mes pensées solitaires, je n'hésite pas une seconde. Je demande la station et je sors à École Militaire à deux pas de chez moi. Je suis à la recherche d'un fleuriste ou d'un marchand de vin mais ces fainéants de Français ne travaillent pas le dimanche. Je tombe sur un bouquiniste sauvage qui essaie de vendre des livres sortis d'un carton en miettes. J'achète un gros livre de photos de visages d'êtres humains de tout âge pour offrir à la mère de Victor. Mon père a toujours apporté un cadeau à nos hôtes : fleurs et plantes, bouteilles, gâteaux maison, jeux. Il aimait tellement les jeux. Le fleuron de ses collections, qui pourtant m'étaient interdites, était les cartes de jeu.

L'appartement est vaste et confortable comme ceux du quartier que j'ai pu visiter. C'est le Green Hills, Connecticut de Paris. Est-ce que j'ai déjà rencontré un pauvre dans ma vie ? Mais leur espace est sans chichi, un peu négligé, on voit que ça n'a pas été rénové depuis le siècle dernier. Les fauteuils sont usés, élimés. Les tapis pâles cachent un parquet abîmé.

La mère de Victor me prend dans ses bras. C'est rare par ici. Elle doit avoir de la compassion pour l'orphelin abandonné, l'étranger et le pauvre type que je suis. Victor est chaleureux lui aussi. Les chiens ne font pas des chats.

Elle, Nicole, est nature, sans maquillage, ridée, habillée en jeans et pull à rayures. On ne voit rien d'autre que son empathie et sa sympathie. J'ai une quantité de questions pour la psychiatre mais elles sont toutes coincées entre mon cerveau et ma bouche.

Je les suis à la cuisine où je les aide à sortir la nourriture thaï des cartons et des sacs.

– Nous aimons manger mais je n'ai ni le temps ni l'envie de faire les courses et tout ce qui s'ensuit.

– Pour mon père, c'était un travail à plein temps.

– Il y a de bons traiteurs par ici.

– J'ai aidé mon père et je sais faire. J'aime ça.

– Alors quand tu veux, je t'offre ma cuisine, les ustensiles et nos estomacs. Normalement, le dimanche, j'ai un peu de temps, mais bof.

À table, Nicole me demande comment je m'habitue à la France. Je réfléchis, pensant que je suis dans un no man's land, que je ne sais pas très bien ce qu'est la France, que dans ma tête je suis encore dans le Connecticut mais je réponds :

– Mon oncle a choisi une excellente prof de français, et alors que je ne connaissais pas un seul mot au début, à part des gros mots, je ne me débrouille pas trop mal. Je commence à comprendre les cours…

– Et même à participer ! dit Victor.

– Le français, comme vous voyez, commence à rentrer dans ma tête. Oui, tout va bien, dis-je avant d'éclater en sanglots, un déluge de larmes, toutes celles qui patientaient, bouchées.

Je pense que j'aurais pu remplir au moins une baignoire. C'est le barrage qui s'effondre, m'emportant avec.

Victor va chercher une boîte de kleenex. Nicole me regarde quand l'eau s'arrête de couler et me chuchote :

– Raconte.

Elle m'inspire confiance. Je lui raconte tout : la relation tellement fusionnelle avec mon père qu'il ne m'a jamais dit qu'il avait un frère jumeau. Ce frère en glace pilée qui me recueille comme un congélateur ou un sac de petits pois. Le vide que représente pour moi cette maison après la plénitude quotidienne vécue du temps de mon père. Les week-ends où le personnel est absent. Et puis la découverte du grenier, les albums de photos et les deux valises de lettres.

– J'en ai lu deux et je suis ébranlé par ce que j'y ai appris.

– Il vaudrait peut-être mieux que ton oncle te raconte l'histoire.

– Il ne parle qu'en langage strictement utilitaire.

– Veux-tu que je lui en touche un mot ?

– Je ne peux que continuer à lire les lettres. Si j'ai besoin, je vous demanderai.

– Ces lettres sont des mines antipersonnel. Ça peut être dangereux de les lire seul dans le grenier.

Victor propose alors :

– Si tu veux, je viendrai te tenir compagnie dimanche prochain.

– Merci. Tu m'aideras avec le vocabulaire ?

– Pas de problème.

Pas de problème ? Je ne sais pas ce qu'il lui faut.

À l'aide/HELP !

Ces invitations chez Victor furent les premières d'une nouvelle série : Deborah m'a invité chez sa mère avec Dahlia, Dahlia m'a invité chez son père avec Deborah, le tout très formel, guindé et coincé à souhait. Nous sommes toujours chez des riches avec le personnel indispensable pour nous nourrir. Dans les salles à manger, la porcelaine de Limoges et la cuisine française traditionnelle semblent clouer les becs. La mère des jumelles archi maquillée, vêtue genre Chanel, ne réussit pourtant pas à masquer l'amertume d'avoir été délaissée par son mari coureur pour un modèle plus jeune. C'est moi qui pose les questions pour établir son identité. Elle est la PDG d'une entreprise de cosmétique. Je pense tout de suite à la présenter à mon oncle invisible. PDG + PDG (je ne sais pas ce que fait l'oncle) = PPDDGG ! Tous les deux sont froids, distants et taiseux. Parfaits l'un pour l'autre, n'est-ce pas ?

Le père est plus loquace, sans femme remplaçante officielle, il m'interroge sur la politique américaine et je le récompense en lui livrant tout ce que je sais : le départ du président orange a été un soulagement. Son successeur est un vieillard qui pense bien et ne fait rien. Puisqu'il s'intéresse à la politique, je lui demande de me résumer la situation en France. À travers ses réponses, je devine qu'il est de droite, ce qui a toujours été le camp opposé à celui de mon père et moi. Il est avocat.

Ces soirées sont sauvées parce que je m'éclipse avec les jumelles dans leurs chambres respectives pour poursuivre ma recherche.

– Quelle est la période la plus longue pendant laquelle vous avez été séparées ?

– Un week-end ?

– Non, une semaine, tu te rappelles ? Quand tu es partie avec papa à Prague. J'en étais malade.

– En primaire, nos parents avaient eu l'idée débile de demander qu'on ne soit pas dans la même classe. On se ruait l'une vers l'autre à la récré. On rentrait soit chez maman, soit chez papa, de toute façon il n'y avait jamais personne à la maison.

– Quelles seraient vos réactions si on vous séparait pour toujours ?

– C'est une question épouvantable ! C'est comme un arbre qu'on arrache du sol, on ne survivrait pas.

– Et si l'une de vous deux avait commis un crime, l'autre la soutiendrait-elle ?

– Avec chaque cellule de mon être.

– Ça dépend quand même du crime…

– Pas pour moi. Envers et contre tout.

– Oui enfin, on ne risque pas de commettre un crime dans l'immédiat.

– C'est vrai ! Parlons de possibilités plus gaies !

– Pourquoi poses-tu ces questions sinistres ?

– Je suis fasciné par les jumeaux et les jumelles.

Galère ! La même voiture noire me suit dans la rue quand je rentre de chez le père des filles. Je sais maintenant qui ils cherchent. Mais je ne sais pas pourquoi.

Au lieu de pénétrer comme chaque soir dans une maison sombre et silencieuse, je trouve cette fois les lumières allumées, des valises dans l'entrée et j'ai le choc de voir mon oncle assis dans la cuisine. Le fantôme de mon père.

– Comment vas-tu, oncle Louis-Pierre ? D'où tu viens ?

– De Singapour, tout va bien, et toi ?

– Il me semble qu'une grosse voiture noire me suit souvent dans la rue.

Une panique muette traverse son visage.

– Ils t'ont menacé ?

– Une fois, il y avait deux brutes devant la porte. Ils ont demandé « monsieur Charles ».

– Je vais m'en occuper.

– Oncle Louis-Pierre, pourquoi mon père a quitté la France ? Pourquoi ne m'a-t-il jamais parlé de toi ? Pourquoi vous êtes-vous séparés ? Quel est ton travail ? Pourquoi pars-tu si longtemps ? Pourquoi n'es-tu jamais venu nous voir aux États-Unis ?

– Tu as progressé d'une façon fulgurante en français !

– Tu as fait un excellent choix de professeur. Je m'entends bien avec Gillian.

– Et le lycée ?

– C'est une horreur, mais je fais mes devoirs et je commence à comprendre les cours. L'Éducation nationale devrait aller faire un stage dans mon ancien lycée. Aucune place ici pour l'envie, la tendresse, l'affection. Alors que j'adorais mon lycée, les profs, les activités qui nous fédéraient…

– Et comment te sens-tu ?

– Je me pose beaucoup de questions. Est-ce que tu peux m'offrir quelques réponses ?

– Pas ce soir, mais je reste à Paris toute la semaine. Nous dînerons ensemble.

– Tu vas travailler à la maison ?

– Non, j'irai au bureau.

– Et mes questions ?

– Nous avons assez parlé ce soir. Je te félicite pour tes progrès en français… et ton accent est parfait.

Peut-être y avait-il un millimètre de plus d'humanité dans ce premier dialogue. Je fais couler un bain pour me nettoyer de mes soupçons, hypothèses, suppositions.

Comme il est assez tard, je téléphone à Brad pour poser encore une question :

– Est-ce que tu as senti quelque chose de louche chez mon père ?

– Je l'adorais, mais il était tout à fait louche ! La situation était bizarre. Un homme brillant qui ne fout rien. On aurait dit qu'il vivait en apnée.

Est-ce que j'étais le seul à ne rien voir ? Non, il me suffisait de respirer l'air de bonne humeur autour de lui pour que tout me semble évident. J'ai vécu le grand amour. Est-ce que tout était faux ?

Ne rien dire, c'est aussi une manière de mentir.

Marieur

Tout le monde essayait de marier mon père. Sauf moi. Mais j'étais jeune, je n'étais pas conscient qu'il pouvait avoir besoin d'autres formes d'affection que celle que je lui portais. Il était marié à moi ! En exclusivité. N'empêche que j'ai souvent « marié » des copains avec des copines pour une sortie, une boum, un bal.

L'idée de mon oncle solitaire et de cette gentille Nicole injustement délaissée m'a incité à l'inviter avec Victor. Puisque Louis-Pierre m'a convoqué à un dîner à la maison, je lui ai demandé si je pouvais inviter mon ami Victor et sa mère. Je suis sûr que lui aussi, à ce moment-là, a pensé : « Galère ! » Tout en faisant la moue, il a accepté à contrecœur, espérant échapper aux questions qui fâchent comme : « Qu'est-ce que vous faites dans la vie ? » Et puisque c'était un soir où je devais voir Gillian, je l'ai ajoutée à notre table.

J'ai aussi fait les cookies, en compagnie de Gillian qui les adore. Elle m'a offert le français pour *chocolate chips* :

pépites de chocolat. Je lui confie que j'essaie d'organiser une rencontre plus qu'amicale entre mon oncle et Nicole.

– Je pense que c'est peine perdue.

– Pourquoi ?

– Je ne l'ai vu qu'une seule fois alors je réserve mon jugement pour l'instant mais à mon avis, tu perds ton temps.

– Pourquoi, Gillian, tu ne t'es pas mariée ?

– Je craignais de sacrifier ma solitude adorée, ma vie en pagaille que j'aime, mes horaires chaotiques. Je ne voulais pas non plus de bébés râleurs ou d'enfants invasifs. J'aurais peut-être aimé accoucher d'un enfant de ton âge avec qui j'aurais pu parler et partager. D'ailleurs si tu acceptes, je t'adopte !

– Mais c'est déjà fait !

– Un coup de foudre réciproque.

– J'ai peur pour cette soirée. Mon oncle n'aime pas parler quand il mange. Je crois qu'il a accepté pour échapper à mes questions.

– Il est bien élevé. Il sera parfaitement convenable, j'en suis certaine. Quant à tes questions, il faut patienter. Tu auras les réponses un jour.

– Quand j'aurai soixante-cinq ans ?

– Quand il sera prêt.

Cela s'est passé exactement comme Gillian l'avait prévu : Louis-Pierre était potable, pas charmant, affectueux, enthousiaste, mais relativement aimable. C'est vrai, il est bien élevé. À la française ! Mon père a été influencé par une souplesse américaine. On voyait que c'était forcé, mais mon oncle a fait l'effort. Gillian s'est battue pour entretenir la conversation. Quand ils sont passés au salon, Victor et moi nous sommes éclipsés pour nous glisser au grenier.

Victor soulève quelques objets, ouvre quelques cartons et sort un album que je n'ai pas encore feuilleté. On s'assoit par terre et on l'ouvre. Si je n'étais pas prêt à me plonger de nouveau dans les lettres, cette nouvelle découverte me coupe le souffle. À la première page il y a une photo d'un trio avec écrit dessous : *Pierre-Louis, Marella et Alexandre*. Il y a quelques photos avec ma mère, toute souriante, me tenant dans ses bras. Et puis elle disparaît de l'album comme elle a disparu de ma vie. Le reste c'est : Alex 3 mois, 6 mois, un an, etc. Au piano, dans le spectacle de l'école, avec des copains, à table, à la cérémonie de la fin de primaire, les fêtes, les anniversaires. Je suis la grande vedette de l'album. Finalement, je suis loin d'être un inconnu pour mon oncle. Ce témoin invisible m'a suivi pendant toute ma vie. Pourquoi il ne me dit rien ?

– Toi qui veux être psychiatre, à ton avis, pourquoi tant de secrets ? Pour moi, la vie est une invitation à partager les secrets. Pourquoi se cacher les uns des autres ?

– C'est beau, un secret. Une énigme, un mystère. Cela entretient la théâtralité diabolique de la vie. Dévoiler les secrets, trouver cette vérité éventuelle, pourrait être un but dans la vie. Sans secret, il n'y aurait rien à chercher, non ?

– Et toi, tu as des secrets ?

– Papa dit qu'on a même des secrets pour nous-même !

– Je ne comprends pas pourquoi mon oncle m'a reçu si froidement. Pourquoi ne m'a-t-il pas pris dans ses bras ? Pourquoi ne m'a-t-il pas dit qu'il me connaissait depuis ma naissance ? Pourquoi il n'a pas pleuré avec moi, pour moi, pour nous tous ?

– Je ne suis pas encore psychiatre, mais je dirais qu'il y a quelque chose de gelé en lui.

– Et comment le dégeler ?

– Avec patience, petit à petit… Tu sais, lui aussi a perdu un être cher, d'après ce que tu m'as raconté.

– Combien de patience ? Une vie entière ?

– Le temps qu'il faudra. On ne peut pas forcer ce genre de choses.

– Tu seras un excellent psy !

– Et toi ?

– Aucune idée ! Pianiste ?

Comment la France démolit la musique

Ça s'appelle le solfège !

J'ai commencé le piano à quatre-cinq ans. À dix ans, on disait de moi : « C'est un virtuose. »

À quinze ans, je déchiffre bien et, sans vouloir me vanter, d'après mes profs, je joue bien. Je joue surtout avec plaisir.

Et je n'ai jamais étudié ce maudit solfège de malheur ! Quelle galère !

En Amérique, j'avais mon prof adoré, Barney Borenstein, un pianiste à la retraite. Il sortait de la prestigieuse école de musique Juilliard à Manhattan. Quand il s'est lassé de sa carrière de soliste, mon père a eu la chance de faire sa connaissance et de me le présenter. Chaque leçon était un happening. Il enseignait comme un acteur shakespearien doublé d'un humoriste. Je me régalais. Dès que le cours finissait, j'étais impatient d'être au suivant. Je voulais toujours donner le meilleur de moi-même… pour Barney.

Il était drôle, original, affectueux, encourageant, pédagogue et excellent pianiste. Il n'était pas avare de « Bravo ! » Il restait souvent dîner avec nous après le cours, surtout après la disparition de sa femme.

Ici au conservatoire, je m'entends bien avec Valérie. Elle ne peut pas surpasser le numéro exceptionnel de Barney mais j'aime jouer pour elle, avec elle. Elle m'écoute d'abord et puis on reprend le morceau pour le peaufiner. Elle est souriante et sait me stimuler. Elle aime Bach, Mozart, Chopin autant que moi, et essaie de m'initier aux compositeurs contemporains.

Je n'ai donc rien contre Valérie. Mais...

Ici, pour avoir le droit d'étudier le piano, le solfège est obligatoire. Et le solfège, c'est un aller sans retour pour l'enfer.

Alors, en plus de ma leçon de piano, je suis condamné à cette horreur horrrrrible qu'on nous impose comme une punition supplémentaire dans une vie qui en est déjà remplie.

Si on joue un instrument pendant plus de dix ans (et même moins), pensez-vous que l'on ne sache pas lire une partition de musique ? Pensez-vous qu'on ait besoin de cette torture, cette méthode qui consiste en des exercices de lecture et de dictées musicales ? On est censé savoir qu'un *do* est un *do* ! On doit subir l'humiliation d'aller devant la classe et de lire les notes sans les jouer. La France aime davantage la théorie que la pratique, comme si jouer ne suffisait pas pour maîtriser le rythme et l'interpréter.

Le solfège est inutile et ennuyeux. Combien de bons musiciens potentiels quittent le conservatoire à cause du solfège ? Heureusement que le conservatoire n'est pas le seul endroit pour apprendre la musique.

Je décide de partager ce sentiment avec mon oncle. On ne se parle pas beaucoup mais déjà bien plus qu'avant. Sa ressemblance physique avec mon père fait que j'ai terriblement envie de me blottir contre lui en cet instant précis. Mais quelque chose me l'interdit. Il me fixe alors que d'habitude il évite de me regarder.

– Ton père aussi détestait le solfège. C'est bizarre, pour un matheux.

– Mon père était matheux ?

– Oui, il était élève de l'École normale supérieure mention Mathématiques. Il était très fort. Peut-être un génie…

– C'est vrai qu'il m'aidait avec des problèmes épineux mais il ne m'a jamais dit qu'il avait étudié les maths.

– Il a tourné la page quand il est parti. Il s'est consacré à la musique.

– Et toi ?

– J'étais bon en maths mais pas transcendant comme lui.

– Tu joues très bien du piano aussi.

– Mais pas comme lui.

– Il avait tout son temps. Avant de ne plus avoir de temps du tout. Il en jouait tous les jours.

– Alors que je n'ai pas le temps.

– Pourquoi ?

– J'ai beaucoup de travail.

– Quel est ton travail ?

– Tu sais, Alex, j'ai vécu dix-sept ans seul depuis son départ. Je parle avec des gens toute la journée. Je tiens à ma tranquillité quand je rentre du travail. Et je t'ai déjà dit que je n'aime pas parler quand je mange.

– Tu vis vraiment seul ? Sans amour ?

– Celui que j'aimais par-dessus tout est mort.

– Moi aussi. Mais je suis prêt à aimer son jumeau.

Il me regarde comme si j'étais un mendiant demandant l'aumône. Il a raison. L'amour ne se donne pas sur commande, on ne peut pas l'exiger. Mais ne peut-on demander un minimum d'information ?

Il sait qu'il est dur et injuste. C'est peut-être pour se racheter qu'il me propose de jouer des quatre mains après le dîner. Ça aussi, c'est une façon de se parler. La musique est un langage universel.

Les maths aussi.

Des choux de Bruxelles

Un dimanche soir, alors que je rentre d'un week-end à Bruxelles avec Gillian, je constate que mon oncle n'est pas tout à fait seul. En passant devant sa chambre, j'entends qu'il est en pleine conversation avec un autre être humain. Il y a même des éclats de rire.

Je passe sur la pointe des pieds pour me glisser dans ma chambre comme un clandestin sur un navire. La maison est bien insonorisée mais, dans le doute, je préfère reporter ma douche au lendemain. Je ne téléphone pas à Brad non plus, je me contente de textos. Mais je n'ai pas la patience de lui raconter la quantité phénoménale de chocolat que j'ai mangé.

En Belgique, Gillian nous a inscrits à un atelier pour confectionner des chocolats. Une technique parmi d'autres pour me familiariser avec de nouveaux champs lexicaux ! Pendant toute mon enfance en Amérique, je suis à peine sorti du Connecticut, et depuis que je suis exilé, j'ai visité déjà deux capitales européennes. Je n'aime pas voyager, je déteste les transitions, mais une fois sur place, je dois admettre qu'il y a des trésors de beauté à découvrir.

J'ai admiré la Grand-Place. J'ai aimé le musée des Instruments de musique dans le bâtiment Old England construit la dernière année du XIXe siècle. On a vu la statue rigolote d'un petit garçon grassouillet qui fait pipi, le Manneken-Pis. Le parc Mini-Europe aussi. Le Parlement européen. Les galeries royales Saint-Hubert, l'ancêtre des centres commerciaux. Gillian sait tout sur tout et le présente d'une façon humoristique. Et, grâce à Dieu, et à ma déesse préférée, pas trop de musées cette fois ! Mais j'échangerais toutes ces perles de la civilisation contre un petit déjeuner avec mon père.

Le lendemain matin, en entrant dans la cuisine, j'ai été submergé par une vague de nostalgie tellement forte que j'ai dû me soutenir au comptoir pour contenir mes larmes. Je ne voulais pas seulement mon papa, je voulais mon chien qui me fait la fête, et voir nos étagères, notre incroyable collection de mugs. Mon oncle, qui ne se doute de rien, est en train de boire le café dans un vulgaire bol. Galère ! C'est nul et barbare. Quelle idée ! Je marque en rouge dans ma tête de lui acheter, de m'acheter des mugs. Subitement je réalise combien mon mug me manque depuis que je suis ici. Mon père buvait-il aussi dans un bol avant de progresser vers le mug ? Le panier de pain et de viennoiseries dorées est sur la table avec beurre, fromages et confitures – il y en a pour tous les goûts. Mais pas de mug ! Avec toutes ces émotions, je n'ai pas remarqué l'essentiel : mon oncle, qui déteste parler et encore plus à table, est en grande conversation avec un autre homme.

– Je te présente mon neveu Alexandre.

– Qu'est-ce que vous vous ressemblez ! Enchanté, je m'appelle Alexandre moi aussi.

– On m'appelle Alex.

J'ai peu de temps ce matin pour poser des questions et établir l'identité de l'autre Alexandre, et tant mieux, ce serait mal venu. Je n'aime pas être en retard. Je pose sur la table le fruit de mon atelier chocolat.

– Oh, ma drogue préférée, dit Alexandre. Je peux ?

– Oui, allez-y. C'est moi qui les ai confectionnés.

Ce truc débile des Français avec leur « vous » et leur « tu ». Je n'arrête pas de faire des gaffes en tutoyant tout le monde. Ce type est à « ma » table, je devrais pouvoir le tutoyer. Je ne veux pas choquer mon oncle. Alexandre Premier a l'air sympa avec son sourire franc. Les contraires s'attirent, non ? Ce qui me frappe, c'est que Louis-Pierre a l'air épanoui et souriant lui aussi. Je ne l'ai jamais vu comme ça.

Je ne sais pas si je vais un jour percer les secrets de l'existence, même pas ceux de ma propre existence, mais je sors dans l'air froid et hivernal avec un rare soleil et du ciel bleu. Malgré la tragédie qu'est ma vie et malgré le manque de mugs et de savoir-vivre de la France, j'ai une éruption d'optimisme et de bonne humeur. Gillian m'a appris l'expression « donner du temps au temps ». Il y a un éclat de vérité là-dedans. Et ça dure jusqu'à l'arrivée au portail du lycée. J'aimerais rebrousser chemin, mes pieds décident de faire autrement. La prof de maths distribue une interro surprise et des mots de mon père me reviennent : salope, connasse, garce, sotte, andouille, enflure. Voilà un champ lexical que Gillian n'aura pas à creuser pour moi !

J'ai pris la feuille et ma tête s'est mise à tourner. Je voyais double. Il faut admettre que le programme de maths est plus avancé que celui que j'ai étudié. Dois-je demander à mon oncle un tuteur en maths aussi ? Suis-je condamné à être assisté à vie dans ce pays pestiféré ?

Je me suis calmé. J'ai regardé le premier problème et je me suis rappelé que mon père (première nouvelle !) était un génie en maths. Il doit y avoir eu une transmission génétique. J'ai résolu le problème et tous les autres, comme si c'était mon père qui faisait l'examen à ma place. J'étais dans un état second.

La fréquentation de Victor et de ses parents psy me fait penser que si j'ai appris le français aussi vite, c'est pour essayer de suivre les traces de mon père, de voir si la maîtrise de cette langue me permettrait de mieux le comprendre. En tout cas, en quelques mois j'ai l'impression d'avoir changé de peau, comme un serpent.

Je déjeune à la cantine (toujours aussi minable) avec Deborah, Dahlia et Victor. Si on avait été en Amérique, on aurait appelé ça un « *double date* ». Deux couples. Je ne sais pas quelle jumelle je choisirais : l'extravertie Deborah ou l'introvertie Dahlia. Je me sens plus proche physiquement de Deborah et mentalement de Dahlia. On décide d'aller tous les quatre au cinéma dimanche car je passe les samedis avec Gillian, qui a laissé tomber son nouvel amoureux. J'espace mes séjours au grenier parce que je ne peux pas absorber trop de chocs émotionnels de façon rapprochée. Il me faut un temps de digestion.

J'ai apporté une des lettres du grenier à Gillian, qui m'avait demandé un résumé de ma vie :

Mon Loulou si loin,

Ce n'est pas comme le dicton « Loin des yeux, loin du cœur ». Je vois encore le monde avec tes yeux et ton cœur. Marella aussi. Je regrette que tu ne l'aies jamais rencontrée. Elle était la fille de mes rêves, sans avoir jamais formulé des rêves de femme idéale. C'est idiot mais je me suis toujours demandé si la distance imposée par notre mère avait eu une influence sur le fait que tu n'aies jamais été attiré par les femmes. Elle avait sûrement épuisé toute sa force maternelle pour nous porter, accoucher de nous, allaiter deux bébés avec seulement deux seins avant de se détacher pour se consacrer à construire une fortune dont nous profitons.

À l'inverse, Marella a atteint le sommet de sa vie avec la naissance d'Alex. Je crois qu'elle l'aurait complètement étouffé. Elle a tout laissé tomber, ses études, ses conférences, ses amies, rien que pour le contempler. Et même moi !

Tu peux suivre son regard sur la photo ci-jointe. Elle n'a d'yeux que pour lui. Tu peux voir aussi combien elle est belle. Mais la beauté n'était pas mon critère principal. Je crois fort en la beauté intérieure. Ça aussi elle l'avait. Si depuis sa mort je n'ai pas pu m'attacher à une autre femme, c'est qu'après elle, aucune autre ne peut exister.

Je ne suis pas à plaindre. Grâce à toi, j'ai pu démarrer une deuxième vie en Amérique, et grâce à elle, j'ai un fils qui me comble d'un bonheur quotidien. Petit, il était sage et drôle. Il a tout de suite fait ses nuits, il mange ce que l'on lui donne, il a rapidement fait pipi sur le pot. Il a été précoce en tout : marcher, parler, pianoter.

Quand Marella est morte, la vie d'Alex a continué calmement avec moi. J'ai lâché mon doctorat car je voulais tout lui donner.

Il est infiniment plus précieux qu'un doctorat !

Tu me dis quand je peux revenir ? La hiérarchie de mes nostalgies :

1) Toi

2) La boulangerie de l'avenue de Suffren

3) Le métro

4) Notre grenier

5) Nos complots pour embrouiller les gens. Je t'appelais Pierre-Louis et tu m'appelais Louis-Pierre.

6) La vue de la tour Eiffel de toutes les fenêtres

7) Nos pique-niques sur le Champ-de-Mars

8) Nos cuites exceptionnelles

9) Le bistro rue de Lille

10) Toi

Ça suffit, ça fait trop mal.

Dis-moi les tiennes, de nostalgies.

Ton Pierrot

Gillian me regarde comme si je pouvais lui donner des réponses.

– Il est temps qu'on démarre l'enquête sur les raisons qui ont poussé ton père à partir, dit-elle.

– Par quoi commencer ?

– Et si tu demandais à brûle-pourpoint à ton oncle ?

– Tu as vu mon oncle !

– Faut trouver la faille.

Je n'ai pas de père, je n'ai pas de mère, mais à présent j'ai une alliée.

La vie ou le cinéma

Au cinéma, on est allés voir un film français débile qui ne mérite pas que l'on s'y attarde. Les comédiens français n'apprennent pas à articuler et chaque fois que je mendiais une explication à Victor, il haussait les épaules comme pour dire : « Aucune idée ! » Galère !

Après, nous nous sommes installés dans un café. Pour être honnête, je ne pense pas qu'on aurait pu stationner à une table en Amérique pendant deux heures, sans qu'on ne nous harcèle pour consommer. Le café est une institution française que j'admire, un havre de paix dans la ville.

C'est toujours moi qui mitraille les autres de questions, c'est sans doute parce que je cherche des réponses pour comprendre ma propre vie.

– Que faites-vous avec vos parents ?

– On les évite, disent Deborah et Dahlia simultanément.

– J'évite l'un, je discute avec l'autre, dit Victor.

– Qu'est-ce que vous avez fait dans le ventre de vos mères ?

– Franchement, je ne me rappelle pas, rit Victor.

– Nous avons commencé notre longue discussion, dit Deborah en regardant sa jumelle.

– À quoi ressemblaient vos parents quand ils étaient petits ?

– Ils ne prenaient pas des milliards de photos comme nous. Il y a quelques portraits de bébés qui ressemblent à… des bébés.

– Est-ce que vos parents vous parlent de leur enfance ?

– Seulement pour dire qu'ils étaient plus obéissants et raisonnables que nous.

– Qu'est-ce que vous savez de leur passé ?

– On connaît leur CV, telle fac, tel diplôme, où ils travaillent.

– On sait comment ils se sont rencontrés. C'est leur mythologie.

– Posez-vous des questions ?

– Oui : qu'est-ce qu'on mange ?

– Ne me pose pas de questions et je ne te dirai pas de mensonges !

– Diriez-vous que vous êtes proches ou distants avec vos parents ?

– Ce sont nos parents, pas nos copains.

– On n'a pas trop envie de rentrer dans les détails. Surtout pas sur leur vie sexuelle !

Après, nous avons parlé de l'incident survenu pendant le cours de maths. Cette Mlle Chazel ne me porte pas dans son cœur. Quand j'étais muet et sans envergure, ça allait, mais devant ma feuille d'examen parfaite taguée d'un 20/20 délivré ostensiblement à contrecœur, elle m'a chuchoté : « Viens me voir après le cours. » Je n'ai rien suivi du reste de la leçon après cette convocation. Pourquoi voulait-elle me voir ? Me soupçonnait-elle de tricherie ? Galère !

Elle a si peu confiance en ses élèves devant ses problèmes impossibles, qu'elle ne donne que pour nous démontrer combien on est nuls, que j'étais persuadé qu'elle m'accuserait d'un crime que je n'avais pas commis. C'était une grande première dans ma vie. N'empêche qu'elle avait peut-être raison… puisque j'avais invoqué le génie mathématique de mon père et qu'il était venu résoudre les problèmes à ma place. Et c'est ce que je lui ai dit. Elle a immédiatement converti sa haine en pitié. Je n'étais plus un truand tricheur, j'étais simplement barjo, cinglé, détraqué, pété, timbré, louf et ouf. (J'avais demandé à Gillian des synonymes de « fou ». Je vénère les fous.) Dans le doute, elle m'a enlevé quatre points. Pour augmenter son dégoût, je l'ai tutoyée. Oh le crime !

J'aurais aimé bien sûr en discuter avec mon père, comme la fois où j'ai raté une interro tout simplement parce que je ne l'avais pas préparée. Inutile de dire qu'il n'était pas disponible. Mon oncle aurait pu servir de remplaçant mais il était quelque part entre la Terre et la Lune. Alors ça me fait du bien d'en parler avec ces amis bienveillants. Il se peut que tout ce qu'ils pensent de moi, ils l'attribuent à la prof : elle déteste les Amerloques, elle est injurieuse, injuste, odieuse, calomnieuse, abusive, méchante et, pire que tout pour une prof, ennuyeuse.

Chacun a ajouté un qualificatif dans une surenchère qui servait à nous défouler. On a continué à crier des insultes envers nos profs – tous les profs – dans la rue avant de se séparer pour partir vers nos propres destins.

Le mien se trouvait dans le grenier où la charge émotionnelle était telle que j'ai pris quelques minutes avant de lire la lettre suivante. Les lettres étaient encore dans leurs enveloppes adressées à un numéro de boîte postale. C'est pour ça que mon père se rendait si souvent à la poste !

Mon Pierrot,

Ma liste des nostalgies est presque pareille que la tienne.

Je ne vais plus à la boulangerie de l'avenue de Suffren, mais je mange toujours leur brioche achetée par ma gouvernante et je pense à toi à chaque bouchée en nous revoyant sur l'herbe du Champ-de-Mars après les classes avec nos goûters sans fin. Heureusement que nous étions sportifs.

La tour Eiffel est toujours là de l'autre côté de nos fenêtres. Je ne peux pas l'éviter. Je ne prends plus le métro, comme nous le faisions, rien que pour le plaisir. J'ai un chauffeur qui me permet de m'en passer car je ne pourrais pas prendre le métro sans énumérer à voix haute les stations comme on le faisait. Je ne vais plus au grenier, ni au bistrot rue de Lille, et je ne bois plus. Je passe mon temps à faire fructifier notre argent au cas où toi et Alex en auriez besoin.

Tu n'as pas mis sur ta liste nos fous rires, je ne ris plus. C'est rare même de sourire pour moi. L'espoir de te revoir et de rencontrer ce nouveau petit Charles me fait tenir.

Tu n'as pas mis nos courses pour arriver au lycée à l'heure après nos petits-déj' infinis.

Il y a des scènes de nos duos hystériques au piano, à qui peut jouer le plus vite. Pour nous, le piano était un sport !

Et nos visites nocturnes parce qu'on a oublié de se dire quelque chose.

Tout me revient comme des étincelles qui sont devenues, en ton absence, des flèches.

Tu n'as pas mis nos week-ends à Nice dans la villa sur les hauteurs du port. Et nos bains de mer et de soleil.

Et tante Élisabeth !

Ma vie est austère, monacale et, je te l'avoue, assez triste, le tout dans le luxe matériel et la banqueroute affective et spirituelle. Si je pouvais venir sans que l'on ne me suive, je serais dans le premier avion. Mais ils rôdent autour de moi dans le but de te retrouver. Ils ne veulent pas d'argent, ils veulent ton cerveau.

J'attends toujours et encore plus de photos de ce petit Alex et les récits de ses aventures. Tu ne peux pas savoir combien je l'aime.

Comme je t'aime.

Loulou

Combien il m'aime ?

Et revoilà ce nom, Élisabeth, que j'avais lu au dos de la photo. Une tante ? Est-elle encore vivante ?

Noël pour le meilleur ou pour le pire

Ça fait quatre mois que je vis et que je survis péniblement dans ce pays pitoyable. Oui, galère ! À vrai dire, je ne suis pas aussi affligé et éploré qu'au début. Le lycée est toujours un point noir, sauf que j'ai quelques amis attachants et un ou deux professeurs potables. Il y a toujours Gillian qui me soutient et m'encourage, plus qu'une amie, moins qu'une mère. Et sachant le lien intime et indestructible entre mon oncle et mon père et le rôle indéfinissable qu'il a joué pour mettre celui-ci hors de danger, nos relations, pas encore franchement chaleureuses, sont plus cordiales. La présence d'Alexandre humanise celui qui s'avère être son partenaire amoureux.

J'ai appris en douce (par Alexandre) ce que fait mon oncle. Je ne comprends pas pourquoi il est si renfermé et pourquoi tout est un si grand secret. À part le véritable grand secret ! Son travail n'est pas du tout déshonorant, au contraire ! Il est PDG d'une entreprise environnementale qui développe des milliers d'espèces de microalgues qui se multiplient dans les océans. Ces phytoplanctons ont des propriétés étonnantes et peu exploitées que l'entreprise onclesque transforme en biocarburants, en protéines, et en production d'acides gras. Les possibilités sont potentiellement explosives. Alexandre se passionne pour le sujet, lui-même est biologiste, et liste des débouchés dont j'attrape quelques mots sans grande compréhension comme « séquestration du carbone ». Louis-Pierre multiplie les brevets et entre en Bourse avec un chiffre d'affaires qui décolle et une croissance annuelle régulière. L'argent appelle l'argent ?

J'ai beaucoup de questions (comment en a-t-il eu l'idée ?) que je garderai pour plus tard car, si on se rapproche de plus en plus – et ça semble aller dans cette direction –, un tête-à-tête serait imminent. L'entreprise s'appelle Pieloualgue. Je sais pourquoi. J'ai plus d'occupations qu'il n'en faut, mais j'aimerais participer.

Un mystère levé, quelques autres à creuser !

Les préparatifs pour Noël sont dans les magasins, dans les rues, dans la ville, mais pas dans la maison et peu dans le métro à part les gros paquets que les gens traînent.

Je demande à Gillian ce qu'elle va faire pour Noël, veut-elle que je l'aide à décorer l'arbre (qu'elle n'a pas) et veut-elle venir chez nous, si on fête ça. Avec mon père, notre fête se limitait à s'offrir des cadeaux pour le plaisir et manger un bon repas, ce qui était quasi quotidien chez nous. On ne m'a jamais harcelé avec ce bon père Noël. On aimait jouer ensemble et fredonner des chants de Noël.

– Oh, je ne fête pas Noël, dit Gillian.

– Jamais ? Pourquoi ?

– Je ne suis pas chrétienne.

– On n'a pas besoin d'être chrétien pour fêter Noël. Tu es quoi ?

– Juive.

– Mon ami Brad est juif !

Ça me rend bizarrement heureux et terriblement nostalgique de penser à Brad et sa famille. Ils nous invitaient à toutes leurs fêtes : Hanukkah qui tombait toujours autour de Noël, Pourim, Pessah, shabbat. L'année dernière, Brad a fait sa bar-mitzvah et je suis allé (mon père aussi) à la synagogue pour l'écouter lire la Torah, comme pour d'autres copains, suivi par une méga-boum démesurée avec orchestre, grande bouffe, danses. Comme Brad est la star de l'équipe de basket, chacun de ses amis a reçu comme cadeau un ballon de basket avec son non inscrit dessus et *Brad's bar-mitzvah*. J'ai raconté ces bar- et bat-mitzvah à Gillian qui n'a pas l'air d'approuver.

– Je suis circoncis.

– Toi ? Mais pourquoi ?

– Parce qu'ils ont tendance à le faire à tous les bébés garçons en Amérique, sans demander leur avis.

J'ai vu chez Gillian un candélabre à huit branches et j'ai demandé si elle l'allumait pour Hanukkah comme je le faisais pendant huit jours tous les ans chez Brad.

– Tu en sais des choses… C'est justement cette semaine. Je ne l'ai pas allumé depuis longtemps. Mais si tu veux, on le fera ce soir.

– Tu n'as pas eu une bat-mitsvah, Gillian ?

– La mienne a pris la forme d'une visite à Auschwitz avec ma famille.

– J'aimerais y aller aussi.

– On va pouvoir l'organiser, peut-être pour la Marche des Vivants en mars.

En faisant mon enquête sur Noël, j'apprends que Deborah et Dahlia sont juives aussi, mais ne pratiquent pas, ni Noël ni Hanukkah. Victor ne sait même pas ce qu'il est, seulement qu'une de ses grands-mères est catholique. Je propose une fête laïque où on mélange toutes les traditions dans un méli-mélo de célébrations. Mais tout le monde part au ski. Victor m'invite à venir avec lui et sa mère. Je demanderai à mon oncle.

Il est dubitatif.

– J'ai un autre programme en tête. Comme je dois faire une conférence à l'Institut océanographique à Woods Hole dans le Massachusetts, je pensais qu'on pourrait y aller ensemble, et puis on en profiterait pour faire la route jusqu'au Connecticut. Je n'ai jamais vu l'endroit où tu as grandi, je demanderai aux locataires si on peut visiter ta maison. Je te laisserais avec tes amis pendant quelques jours avant que tu ne me rejoignes à New York pour rentrer à Paris. Je crois que le danger est écarté.

– Quel danger ?

Louis-Pierre ne répond pas.

Je suis aussi sidéré qu'euphorique. C'est un rêve que je n'ai pas osé formuler, un vœu inexprimé exaucé. Je suis aussi secoué et effrayé. Me replonger dans ma vie amputée peut me faire du mal, et revenir à Paris sera alors aussi sordide que la première fois.

Je franchis ma propre interdiction et j'embrasse mon oncle. Il recule mais il esquisse un début de sourire.

Et je téléphone à Brad.

White Christmas

Malgré la tempête de neige, le pilote d'Air France réussit à atterrir à Boston. Mon oncle décide de passer la nuit à l'hôtel à l'aéroport plutôt que de se risquer sur les routes enneigées. L'occasion rêvée de parler cœur à cœur. Louis-Pierre a travaillé pendant tout le voyage et il a pris deux chambres pour la nuit en m'invitant à commander tout ce que je veux manger dans ma chambre. Donc pas de tête-à-tête ou de cœur à cœur, ni même le partage d'un repas.

Le lendemain matin, le téléphone me réveille pour me dire que monsieur Charles et le chauffeur m'attendent dans le salon. Je bondis, m'habille, saisis ma valise et j'entre dans l'ascenseur.

– Je ne t'ai pas prévenu plus tôt parce que je viens d'être informé que les routes sont débloquées. Le chauffeur nous propose de partir tout de suite si on veut arriver à temps pour ma conférence.

J'attendais avec impatience un petit déjeuner américain, mais tant pis, la neige américaine prime ! Le chauffeur porte nos valises et des boîtes repas offertes par l'hôtel.

Il fait grand soleil. Confortablement installés dans la limousine, Louis-Pierre se met à travailler en buvant son café alors que je croque dans mon bagel en sirotant un jus d'orange. Je regarde par la fenêtre. Ça roule bien. Ce ne sont que 125 kilomètres, un peu ralentis par la prudence qui est de mise face à la neige qui fond. Un déjeuner est prévu à l'institut avant la conférence, et puis en route pour mon Connecticut tant aimé.

Louis-Pierre est travailleur + intelligent = brillantissime. Il a fui les compliments après les questions en prétextant un long voyage en voiture. La nuit tombait. On avait cinq heures de route.

Dire que la route est belle dans la nuit serait une litote, la route est une merveille de lumières étincelantes, clignotantes, virevoltantes. Un monde fantasmagorique, ensorcelant, magique. On ne rigole pas avec les illuminations de Noël en Amérique. On ne lésine pas sur les dépenses.

Chaque petite ville qu'on traverse organise un concours de la maison la mieux décorée et chacune mériterait un grand prix. Je réveille Louis-Pierre qui somnole. Il ne faut pas qu'il rate ce spectacle. Il y a des crèches géantes, des pères Noël de la taille d'un gratte-ciel, des arbres tout illuminés, des chutes, des paquets cadeaux colossaux, des cannes à sucre rouge et blanc pour des ogres.

Louis-Pierre ouvre grand les yeux et dit : « C'est dément ! » Je suppose qu'il veut dire que c'est bien.

Le chauffeur s'arrête dans le parking d'un restaurant italien car il a besoin de se reposer un temps. Nous commandons une pizza tellement énorme qu'à trois on n'arrivera pas au bout.

– Je n'ai jamais mangé une si bonne pizza, même pas en Italie. Je n'ai jamais visité la côte est en hiver. Ça vaut la peine.

– Bienvenue dans mon pays hors mesure.

Louis-Pierre, et j'étais d'accord avec lui, voulait s'arrêter pour la nuit et entrer à Green Hills frais et reposé le matin. J'ai parlé avec Brad qui nous invite pour déjeuner. Ensuite je resterai avec lui pendant quelques jours. Mon cœur bat de plus en plus vite.

Même système pour la nuit, deux chambres et une autre pour le chauffeur. À l'hôtel, j'ai toujours dormi dans la même chambre que mon père. On aimait s'écouter ronfler doucement dans la nuit. J'aurais aimé aussi partager une chambre et des secrets avec mon oncle.

D'une façon ou d'une autre, la nuit est passée, animée par mes attentes et mon impatience. Cette fois nous avons pris le petit déjeuner à l'auberge autour d'une même table avec les autres voyageurs. Mon oncle a un mouvement de recul. Pour lui, ce système convivial est une atteinte à sa vie intime. Toujours bien élevé, il répond aux questions typiquement américaines sur tout ce qu'il tient à garder secret parce que ce n'est vraiment pas leurs oignons. Et moi qui aimerais que ce soient MES oignons ! Quelqu'un lui demande quel âge a « son fils » et il ne corrige pas l'erreur. Je réponds pour moi-même. « Oh, on aurait pensé que tu avais plus ! » Me voici un vieillard précoce.

Le panneau Green Hills nous dit coucou comme une promesse de bonheur éternel.

Devant notre propriété plus blanche que jamais, mon cœur s'arrête. Je ne vois pas la neige, ni les contours de cette maison magnifique, je ne vois dans ma tête que la voiture de police venue m'annoncer la funeste nouvelle.

Je retrouve mon chien qui me fait la fête. C'est une personne ! Comme il m'a manqué. J'ai tant essayé de ne pas y penser, mais chaque fois que je croisais un chien j'avais un pincement au cœur. Je comprends maintenant pourquoi mon père l'a nommé Pielou, qui me semblait curieux à l'époque. On avait chacun nommé le chien avec le nom qu'on voulait lui donner, moi c'était Brookie. Je ne sais pas s'il y a des psychiatres de chiens car on a peut-être contribué à rendre notre chien schizophrène, mais c'est le plus gentil des chiens. Il a accepté son double nom.

Je rencontre mes sympathiques locataires – il n'y a que des gens sympas qui choisissent de vivre dans cette maison. Ils nous donnent carte blanche pour la visite. Je demande si je peux emporter quelques objets. Je prends trois mugs pour notre petit-déj' parisien. Je montre la maison à Louis-Pierre en long et en large. Il ne peut pas cacher sa bataille contre les larmes qui montent. Moi, Pielou à mes trousses, je me retiens comme lui. *Boys don't cry ?*

Mon oncle fouille dans le bureau de mon père et emporte une montagne de papiers dans une valise vide qu'il a apportée avec les mêmes initiales – LV – que celles remplies de lettres dans le grenier. Il doit avoir un stock de ces malheureuses valises. Je remarque les piles de compositions musicales. Sur le bureau, il prend la boule à neige qui contient la tour Eiffel que je n'avais jamais remarquée.

– C'est moi qui la lui ai offerte quand il est parti.

– Pourquoi est-il parti ?

Je fais des tentatives sans obtenir satisfaction.

Nous jouons ensemble sur le piano et j'ai presque l'impression d'être véritablement chez moi. Je voudrais ne plus jamais repartir. Pielou chante. Ça va me tuer de partir en le laissant une deuxième fois. Les mois qui nous ont séparés n'ont pas atténué sa fidélité et son affection apparente.

– C'est un beau nid douillet que ton père et toi avez construit. Je mesure ta perte.

– Oui, mais cette perte-là est immatérielle. Bien sûr, revenir ici renforce la nostalgie, mais je le porte avec moi partout où je respire.

– Moi aussi.

– Je sais.

Je m'attendais à être emporté par l'émotion en voyant Brad mais je ne pensais pas que sa mère aller voler la vedette quand elle s'est évanouie en voyant Louis-Pierre. Au lieu de sauter de joie, nous étions tous autour d'elle à essayer de l'aider à reprendre ses esprits. Je suppose que Brad a oublié de lui dire que mon père avait un vrai jumeau. Tellement identique qu'elle a pensé voir un revenant.

Mon oncle nous a carrément régalés avec les histoires des tours qu'ils ont joués pour tromper tout le monde. Pierre-Louis remplaçait Louis-Pierre aux examens de maths et Louis-Pierre pour – tenez-vous bien – les examens d'anglais ! Ils ont fait l'échange pour le permis de conduire, que le faux Pierre-Louis a raté deux fois et le faux Louis-Pierre a eu du premier coup.

Même Louis-Pierre n'a pas résisté à la chaleur accueillante de la famille de mon ami. Quand il s'apprêtait à partir, il m'a pris à part.

– Si tu veux ramener ton chien à Paris, je ferai le nécessaire.

Je n'en crois pas mes oreilles tellement cette proposition est énorme et généreuse.

– Merci ! Merci mille fois !

Je me retiens de lui sauter au cou et de l'embrasser trois mille fois.

– Nous avions un chien quand on était petits. La même race. Il s'appelait Pielou.

– Mon père ne m'en a jamais parlé. Il ne m'a même pas parlé de son frère jumeau. Sais-tu pourquoi ?

– Peut-être parce qu'on a eu une dispute avant son départ, une dispute que je regretterai toute ma vie.

Pas la peine de lui en demander le motif. Je sais d'avance qu'il ne va pas me répondre. Et je suis trop ému par sa proposition.

– Je repasserai discuter avec tes locataires et, si tout va bien, je prendrai Pielou avec moi pour organiser son départ s'il y a des vaccins à faire ou des formalités. Nous, on se retrouve le 29 décembre à New York, à mon hôtel.

– Merci.

Je ne pouvais toujours pas l'appeler tonton, ni Louis-Pierre ni rien. C'est déjà bien qu'on puisse se tutoyer.

Les quelques jours avec Brad se sont passés comme si on ne s'était jamais séparés. On a eu des journées et des soirées avec les copains. On a construit un bonhomme et une bonne femme de neige et on les a habillés en mariés. Même que le journal local est venu nous prendre en photo avec notre œuvre d'art. Brad s'est éclipsé pour que je prenne la photo avec Melissa. Oui, j'ai revu Melissa. Je n'avais jamais osé lui téléphoner, pensant qu'elle était avec Brad. Mais Brad m'a présenté une nouvelle voisine et j'ai vu que le champ était libre pour Melissa et moi. On a décidé de garder contact. Elle adore le français qu'elle apprend avec zèle. Je l'ai même aidée avec son devoir.

Et puis, comme tout a une fin, la mère de Brad m'a conduit au train et, avec mon oncle et Pielou, on est montés dans l'avion le soir pour atterrir à nouveau à Paris d'une façon moins dramatique et tragique que la première fois.

Il y avait plusieurs formalités à remplir pour introduire un chien en France, mais mon oncle a fait le nécessaire : être pucé, vacciné contre la rage, avoir un certificat sanitaire d'un vétérinaire du pays de départ. J'ai compris que Louis-Pierre avait tout organisé des mois à l'avance dans l'idée de me faire ce cadeau. Pas si gelé, l'oncle.

Avec mon chien, est-ce que je vais commencer à considérer cette cabane high-tech comme ma vraie maison ?

Brookie à Paris

J'ai pris le métro pour présenter Brookie Pielou à Gillian. J'ai lu les règlements de la RATP sur Internet, de nos jours, on a accès à toute l'information : les petits chiens voyagent gratuitement dans un panier, les plus grands ont besoin d'un billet ! Seul détail manquant : je ne trouve pas d'information sur la frontière (le poids) entre un petit et grand chien. Par précaution j'ai payé son billet. Si Brookie s'adapte bien à la vie parisienne, le métro ne l'enchante pas. Il a peur. En revanche le Champ-de-Mars est parfaitement à son goût. J'ai même découvert d'autres jardins où il peut gambader dans la verdure. La pagaille chez Gillian était encore mieux que l'herbe verte. Il s'est senti tout de suite chez lui.

Avec Louis-Pierre, c'est le grand amour. Mon oncle m'a décrit le chien qu'il a partagé avec mon père, le sosie de Brookie. C'est papa d'ailleurs qui a choisi notre chien. Je comprends pourquoi. Je commence à comprendre certaines choses alors que d'autres me tourmentent. Qu'est-ce qui a pu inciter mon père à quitter son pays, son jumeau, dans l'urgence, sans jamais ressentir le besoin de m'en parler ?

Le jet-lag évacué, je reprends le lycée, les cours avec Gillian et le conservatoire. Valérie me donne un projet pour mon examen de fin d'année. Il faut que j'organise un concert d'une demi-heure en duo avec quelqu'un. Mais quel quelqu'un ? Brookie ? Il chante des fois quand je joue. Ça relève plus du cirque que du conservatoire « Alex et le chien chantant » !

Je promène mon chien chez Victor, Dahlia et Deborah, mais à la porte du lycée, je le remets à Yacine qui accepte avec grâce cette nouvelle corvée. Heureusement, Bernadette consent à garder le chien quand ses deux maîtres sont respectivement au travail et au lycée. Alexandre est plus réticent, il n'a pas l'habitude de vivre avec des animaux et Brookie ressent son hostilité. Les chiens sentent tout. Certains soirs quand Alexandre vient, Bernadette emmène le chien chez elle. C'est intéressant que Brookie garde ses distances avec Louis-Pierre, qu'il ne confond pas du tout avec Pierre-Louis. Mon oncle se démène pour l'apprivoiser. Avoir un chien n'est pas une mince affaire. Bien que le chien ne réponde pas comme certains ados (j'ai assisté à des disputes bien chaudes entre Brad et ses parents), c'est un grand investissement en temps, en soins, en attention. La liberté est altérée. Il faut l'aménager.

Dans mon école primaire en Amérique, il y avait « le jour des chiens » (Bow Wow Day) où nous avions le droit d'amener nos chiens. Brookie s'était fait plein d'amis canins mais il n'a pas appris à lire et à écrire. (Il y avait aussi « la journée grands-parents » avec un programme de jeux, de leçons, des spectacles et un pique-nique avec ces ancêtres dont je ne possédais aucun spécimen.) Mais ce lycée français est un lieu tellement austère et hostile que je n'aimerais pas que mon chien le subisse, ni mes grands-parents si j'en avais. Galère !

Mon oncle voyage un peu moins, mais quand il n'est pas là, je monte toujours au grenier avec Victor pour fouiller. Brookie adore mettre son museau partout. Grâce à lui, nous avons trouvé d'autres albums photos où subitement son jumeau poilu est omniprésent. Pielou à côté, sur, sous, entre les deux frères, Pielou déguisé, promené, idolâtré.

C'est facile d'aimer les chiens, on ne l'appelle pas « le meilleur ami de l'homme » pour rien. Les chiens ont accompagné l'homme depuis au moins quinze mille ans. Ces relations en symbiose sont mutuellement bénéfiques. Selon des études, les chiens sont bons pour le cœur car ils contribuent à augmenter l'activité physique et à avoir un meilleur régime alimentaire. Les gens qui ont des chiens vivent plus longtemps, souffrent moins de la solitude.

D'un coup me revient un souvenir qui m'attaque comme les autres : un poignard au cœur. Je nous vois, mon père et moi, dans le petit cinéma qui projette les films « anciens ».

Mon père a accepté que je l'accompagne pour voir « un chef-d'œuvre du cinéma mondial », *The Godfather*, malgré sa violence. Il tenait à ma culture cinématographique, parmi d'autres. Lors de la séance il était étrangement agité, comme si Vito Corleone, le parrain, voulait sa peau à lui. C'est fou comme on est du côté de ces salauds meurtriers, mais pas mon père. Il n'avait pas envie d'en discuter après le film, contrairement à notre habitude.

Mais le lendemain il a acheté des t-shirts avec écrit dessus « The Dogfather » avec le logo du film. C'est là que j'ai aperçu que « d-o-g » est « g-o-d » à l'envers. On les mettait pour promener notre chien. Oh, c'est trop douloureux, ces flashbacks. Peut-être qu'un jour j'aurai la force de consigner tous ces souvenirs dans un livre intitulé « L'âge d'or de ma vie ».

Quand je reviens d'une journée épouvantable au lycée, Brookie saute de joie, agite sa queue, me lèche. Même mon père ne me faisait pas une telle fête. Je suis loin de mes premiers jours à Paris quand le comité d'accueil consistait en des objets froids et inanimés. Retrouver un être vivant crée une véritable maison. Mon oncle a eu une idée de génie en ramenant mon chien. J'ai l'impression que pour lui aussi son chez-soi devient un vrai chez-soi. Il est plus présent aux repas et dans la maison.

J'entends le piano, qu'il fréquente de plus en plus, surtout depuis notre retour. Il joue une mélodie nouvelle, un mélange de classique, de jazz et de pop. On dirait du Gershwin, du Bernstein et du Stevie Wonder. Je me précipite, Brookie à mes trousses, pour lui demander le nom du compositeur.

– Pierre-Louis Charles !

– Ce sont les partitions que tu as trouvées dans la maison de Green Hills ?

– Oui, je viens de commencer à déchiffrer. Il y a beaucoup de quatre mains.

Je pousse ses fesses pour me faire une place et nous reprenons du début. Est-ce que mon père nous entend ?

Je raconte à Louis-Pierre le projet de fin d'année que je dois monter pour mon examen et il me promet de caser une heure de répétition hebdomadaire, sauf en cas de voyage, pour participer avec moi au récital. Trois Charles répondront présents. Je retiens mes larmes.

Cuisine/aubergine

Mon oncle est reparti. La vaste maison est entièrement à moi et Brookie se met à chercher Louis-Pierre partout. Plutôt glauque, un mot que Gillian utilise beaucoup. Le piano réduit à deux mains au lieu de quatre. La cuisine devient mon laboratoire. J'y fais mes devoirs et mes expériences culinaires. J'y mange aussi.

Aujourd'hui, je décide de faire une des spécialités de mon père, d'après une recette qu'il tenait de ma mère, des aubergines à la parmigiana et, à chaque bouchée, je me pose la question « Et s'il n'avait pas été tué, et si elle n'avait pas été tuée ??... », comme si les points d'interrogation pouvaient les ramener. « Et si je vivais entre ce père aimant et une mère dévouée ?... » J'étais hanté par toutes les devinettes de ma vie.

J'avoue que je ne suis pas à plaindre, alors je me sens coupable de pleurnicher : j'ai un toit (c'est le moins que l'on puisse dire !), une grande autonomie, un immense confort matériel, la santé, la jeunesse, une éducation (même affligeante), un oncle qui physiquement est le sosie de mon père, un cerveau qui m'a permis de vite apprendre le français, quelques amis, Gillian et un chien. Tout cela est contrebalancé par un puits de tristesse qui inonde mes jours et mes nuits. Et une énigme.

Je ne sais pas s'il suit les instructions de Louis-Pierre, mais Alexandre arrive dans la cuisine à temps pour partager les aubergines qu'il apprécie avec des exclamations sourdes. Brookie a appris à garder ses distances avec lui. Ils se tolèrent.

J'y vois une rare occasion de parler seul à seul avec lui, alors avec mes gros sabots je lui demande si Louis-Pierre lui avait déjà parlé de son frère jumeau avant que je ne débarque dans sa vie.

– Je ne connaissais pas son existence. Quand tu es arrivé, il s'est senti obligé de me donner une explication minimale.

– Qu'est-ce qu'il a dit ?

– Que son frère jumeau s'était fait tuer par un fou et qu'il était le tuteur de son neveu mineur.

– Tu lui as demandé pourquoi il n'avait jamais parlé de son frère ?

– Il m'a dit que certains secrets sont dangereux.

– Tu as creusé un peu plus ?

– Non, il était clair que la discussion était close.

– As-tu peur de mon oncle ?

– Je dirais que je le respecte. Je sens qu'il a ses raisons. Il a pris très au sérieux ton arrivée, il a tout mis en place pour toi, il s'est appliqué à trouver des solutions.

– Tout sauf prendre un orphelin dans ses bras, tout sauf la tendresse, l'empathie, la chaleur…

– Chacun fait selon ses possibilités. Il souffrait beaucoup aussi, tu sais ?

– Et il ne t'a jamais dit pourquoi mon père avait quitté précipitamment la France ?

– Il n'est pas franchement généreux en confidences.

– Mais comment je peux vivre sans le savoir ?

– Chaque chose en son temps.

Quand Alexandre est parti, je me suis réfugié au grenier. Peut-être que si je lisais toutes les lettres d'affilée, je résoudrais mon énigme, mais chaque lettre est tellement chargée d'émotion que je ne peux me permettre que deux lettres à la fois. J'en aurai pour toute une vie de lettres. Est-ce que je peux attendre si longtemps ? Est-ce qu'on peut mourir de curiosité, de besoin d'en savoir plus, de recréer l'histoire de sa vie ? J'avance quand même :

Mon Loulou,

J'ai plus de consolations que toi. À part la double déchirure de mon cœur, ma vie est belle. Alex, qui sait déjà lire, a commencé la grande école (« first grade *» ici). Il s'en va le matin dans l'allégresse et revient pareil en me racontant sa journée dans le moindre détail. Sa maîtresse, Mme Johnson, ne tarit pas d'éloges à son sujet, et il le lui rend* *bien. C'est un enfant qui éclate de contentement, d'amour, de tendresse et de talent. Attiré par le piano dont je joue toujours autant, il s'y est mis et ses doigts commencent à galoper. Il lit la musique comme toi et moi.*

Il n'a jamais eu d'accès de colère à deux ans (on parle ici des « terrible two *»), ni jamais. Est-ce possible d'avoir la chance d'être le père de cet enfant souriant, content, affectueux et brillant ?*

La seule chose qui lui manque, à part une mère, est son oncle. Comme moi ! Je ne lui en ai jamais parlé – qu'est-ce que je pourrais lui dire sans révéler mes erreurs de jeunesse ? Alors je ne t'ai pas présenté à sa conscience. Tu n'existes pas, ni toi ni tante Élisabeth à qui j'écris comme à toi, et cela me fait tant de peine. Je me retiens soixante fois par jour de dire Louis-Pierre par-ci et Louis-Pierre par-là pour raconter les petites histoires de notre grande histoire. Et malgré ton insistance, je ne lui ai jamais parlé en français. Des fois un mot m'échappe, un « merde ! » tempétueux, un « galère ! » salutaire, mais si je commence à déblatérer en français, il faudrait parler de la France, et si je plante la France dans sa tête, il pourrait me demander pourquoi on n'y va pas et pourquoi je n'y suis pas et me poser des questions sur ma famille et sur mon enfance. Tu vois donc pourquoi j'ai effacé ce passé de ma vie… sauf toi. Galère !

Bon, on le sait, on ne peut pas effacer le passé et je souffre des conséquences. On ne peut pas effacer le passé, mais on n'arrête pas d'effacer nos pas, comme le prouve cette correspondance entourée de mille précautions.

Voici les dernières photos de notre petit prodige.

Est-ce que c'est la peine de répéter mon amour, ma gratitude pour toi, et combien tu me manques ? Mes seules lettres d'amour sont pour toi !

Pierrot

Mon Pierrot,

Tu sais bien que je n'aurai jamais d'enfants. Je suis ému que tu dises « notre petit prodige » car ainsi Alex est mon enfant aussi, mon seul enfant, et tout ce que je construis ici est pour lui également.

J'ai réussi de nouveau à semer nos poursuivants. Souvent frappé par des envies de meurtre, j'aimerais les envoyer au diable. Ils sont le diable !

Comme ils ne sont pas encore vieux, la mort naturelle n'est pas proche. N'empêche que je rêve du jour de leur extinction et du premier avion que je prendrai alors pour l'Amérique. Prendre ses rêves pour la réalité ?

Mes meilleurs moments sont de te lire, t'écrire, regarder les photos, les films de toi et d'Alex. (Les films, je les ai planqués dans le coffre-fort de la banque. Si je les compare aux photos de nous à son âge, la seule différence, ce sont ses vêtements. Récemment j'ai banni toutes ces photos, les albums, nos cahiers au grenier. Comme toi, j'essaie de reléguer le passé au passé, mais je réussis moins bien que toi à vivre au présent. Je n'ai pas ce petit humain pour égayer mes jours.

Il y a une certaine satisfaction dans la réussite de mon entreprise. Travailler jour et nuit ne me gêne pas, je n'ai rien d'autre à faire. Je joue encore un peu de piano de temps en temps, toujours en pensant à nos duos, je lis et je dors. J'ai pris de la distance avec nos vieux amis de peur des interrogations sur toi, craignant aussi des demandes de contact avec toi. Il faut être prudent et vigilant. J'ai même changé d'employés de maison pour éviter les questions.

Assez pleurniché pour aujourd'hui !

Oui, nos lettres d'amour pour toujours !

Loulou

L'éphémère, toujours

Louis-Pierre a bien fini par prendre l'avion pour l'Amérique, mais trop tard pour voir son frère. Il voyage moins ces derniers temps et semble prendre goût à la maison. Il promène Brookie Pielou et participe activement à l'élaboration de mon projet de fin d'année pour le conservatoire. Nous travaillons nos morceaux à quatre mains. Il semble se dégeler un peu. Il m'a même amené à son entreprise. Il ne s'empare jamais des perches que je lui tends concernant le départ précipité de France de mon père. N'a-t-il pas appris qu'il faut répondre aux questions qu'on vous pose ? N'empêche qu'il parle plus facilement de mon père. Il réussit à dire son nom sans s'étouffer. Il se rend plus disponible pour écouter mes déboires au lycée. Il prononce les mêmes mots que mon père : crétins, abrutis, cloches, connards ! Je suis performant en français mais je ne connaissais pas le nouveau mot qu'il ajoute à la liste : « Les enculés ! » À manier avec précaution, je crois.

Ce désir de rejoindre mon père en apprenant le français m'a aidé à sortir de la fosse profonde où je me trouvais à mon arrivée. Je suis la preuve que « *Where there's a will, there's a way* » (« Quand on veut, on peut »). Je prends du plaisir à déguster, savourer, mâchouiller, croquer, ruminer, me délecter des mots. L'année prochaine, j'aimerais me perfectionner en italien et apprendre l'espagnol. Le voile américain est levé quant à l'importance des langues. À part mes conversations avec Brad et depuis Noël mes lettres à Melissa, j'utilise peu l'anglais. Je me suis mis à parler français avec mon père où qu'il soit. Je le gronde : « Pourquoi m'as-tu caché cette partie de toi-même ? »

L'autre face cachée était son génie pour les maths. Là aussi, je m'y suis appliqué avec des résultats surprenants.

Je parle aussi avec Bernadette et Yacine. Peut-on connaître quelqu'un sans lui parler ? Bernadette m'a invité chez elle où j'ai pu rencontrer son mari et sa fille adulte, Barbara, handicapée dans un fauteuil roulant. Là encore, la France est mauvaise élève. C'est encore plus difficile d'être handicapé ici qu'en Amérique où la loi impose des rampes, des ascenseurs, des facilités dans les transports. Au lycée, il n'y a déjà rien comme aide. Je n'y ai pas encore vu un seul élève handicapé. Le pauvre serait mort ! Le mari de Bernadette, Robert, est à la retraite de la RATP, et il connaît toutes les lignes du métro par cœur. Il s'occupe de Barbara quand sa femme travaille. J'ai offert de le remplacer s'il veut sortir. Il me remercie mais Barbara peut très bien rester toute seule. Elle dessine et peint avec talent. Elle gagne sa vie en faisant des cartes de vœux pour un imprimeur.

Justement, j'ai cherché partout des cartes de vœux pour *Valentine's Day* (la Saint-Valentin). Galère ! Rien à faire, c'est introuvable. Les Français ne croient-ils pas en l'amour ? En Amérique, dès le décrochage des décorations de Noël, le pays entier se couvre de cœurs : des cartes de vœux, des guirlandes, des gâteaux, des chocolats, des peluches, des affiches, des objets divers, tous en forme de cœur. Mon père trouvait ça kitsch et s'adaptait seulement à cause de mon enthousiasme. À l'école, on donnait une carte de vœux pleine de cœurs à tous les camarades de classe. J'adorais recevoir ce courrier abondant. La classe et toute l'école étaient inondées de cœurs. Et quoi de plus réjouissant qu'un cœur, symbole de l'amour ? J'ai expliqué tout ça à Barbara et je lui commande une douzaine de cartes.

J'ai refait la leçon *Valentine's Day* à mon oncle en lui demandant si je pouvais organiser une fête avec ma poignée d'amis et leurs parents.

– C'est d'accord, à condition que je n'y sois pas convoqué ! dit Louis-Pierre.

– Pourquoi pas ?

– Je n'aime pas les fêtes, je n'aime pas l'envahissement, cette fête n'est pas dans nos traditions.

– Oui, je comprends, c'est comme ce travestissement de Halloween.

– Exactement.

– Mais tu n'es pas contre l'amour…

– L'amour se fête entre deux personnes.

– L'amour, c'est le cœur de la vie.

– L'amour est dangereux.

– Mon idée pour la fête, c'est de projeter deux ou trois des comédies romantiques que je regardais le plus avec mon père. Et de faire des gâteaux salés et sucrés…

– Inévitablement en forme de cœur ?

– Évidemment. Tu seras là ?

– Ça m'intéresse de voir les films que mon frère aimait.

– Alors allons-y pour la soirée romantique chez les Charles !

Je m'aventure de plus en plus dans les quartiers éloignés, sortant au hasard du métro à Odéon, Monceau, ou Les Halles. J'entre dans un magasin de fournitures pour la pâtisserie où je demande un « *cookie cutter* » en forme de cœur. Je le mime et j'apprends un nouveau mot : emporte-pièce. J'achète aussi un moule en forme de cœur et des pépites de chocolat. Me voici équipé, et en route pour *Valentine's Day* !

J'essaie de ne pas faire attention à la voiture qui me suit encore mais (vulgairement, d'après Gillian) ça me fout les jetons. Est-ce que les fils doivent payer pour les péchés de leurs pères ? Il va falloir que Louis-Pierre crache le morceau.

Bernadette m'a apporté les belles cartes de Barbara que j'ai réglées car les bons comptes font les bons amis.

J'en envoie quelques-unes en Amérique, et d'autres à mes quatre amis français. Je deviens lyrique avec Gillian et, la plus belle, je la destine à mon oncle avec un message :

Ingénieur de mon avenir, tu m'as recueilli avec raison, même si ton cœur était trop déchiré pour s'ouvrir. J'ai confiance et je suis patient, le code du coffre-fort va céder la place à une affection grandissante. Mais, mon oncle, il va falloir aussi lâcher la parole car il faut que je sache pourquoi cette Mercedes noire me suit.

J'ai passé mon samedi avec Gillian dans la cuisine. Elle a ajouté sa spécialité, le bortsch, parce que c'est rouge comme un cœur. Elle me dit souvent que je n'ai plus besoin d'elle mais j'insiste pour qu'elle reste.

Finalement, c'est peut-être mon oncle qui a le plus apprécié la fête. J'ai espionné quelques larmes sur ses joues pendant le film *Sleepless in Seattle*. Alexandre m'a aidé à servir le repas. Louis-Pierre a parlé avec Deborah et Dahlia, lui aussi fasciné par ces jumelles. J'ai ajouté quelques *kissing games* pour évoquer ce geste d'amour. Le jeu de la bouteille était hilarant, surtout quand Louis-Pierre l'a fait tourner et qu'elle est tombée sur moi. Il s'est levé et il m'a pris dans ses bras et m'a fait deux baisers qui me sont allés droit au cœur. Il m'a chuchoté : « Je vais te répondre par écrit. »

Les mauvaises rencontres

Cher neveu,

On ne sait jamais où la vie nous mène. J'espérais te connaître mais je n'imaginais pas que tu deviendrais une partie essentielle de mon quotidien et une énorme responsabilité. Ce serait une telle joie en d'autres circonstances.

Je répète : on ne sait jamais où la vie nous mène. Il y a des rencontres malvenues et des influences néfastes et imprévisibles. Des personnes qu'on n'arrive pas à évacuer, comme cette Mercedes noire dont tu me parles. Elles me hantent depuis le départ de ton père, et même bien avant.

L'histoire commence par la rencontre entre Pierre-Louis et une fille du lycée. Toutes les filles étaient après lui. (Et après moi par la même occasion, puisqu'on ne nous distinguait pas l'un de l'autre.) Mais cette fille plus âgée que lui, Rosa, était particulièrement acharnée. Elle était en terminale, lui en première. Elle l'a sollicité pour des leçons de maths. Il était connu pour son génie dans cette matière.

Il était moins attiré par l'argent qu'elle lui proposait que par sa grande beauté italienne, digne des actrices de l'époque, un corps de déesse, des cheveux noirs jusqu'à la taille, toujours habillée chic en haute couture. Comme tu l'as compris, les filles ne m'intéressaient pas et en particulier pas celle-ci.

C'est à ce moment-là que nous avons eu notre dispute historique que je regrette tant. Il m'a accusé d'être jaloux. Il ne pouvait pas avoir plus tort. Enfin si, jaloux du temps avec lui qu'elle me volait. J'évoquai sa naïveté, son aveuglement, son penchant pour la flatterie. On a fait défiler toute notre panoplie d'incriminations haineuses. On n'avait jamais été aussi violents verbalement l'un avec l'autre. Cette scène épouvantable a été suivie d'une longue période de bouderie où nous étions tous les deux malheureux.

Pierre-Louis a eu le bon sens de ne jamais la ramener à la maison. Ils se voyaient chez elle où il était aspiré dans sa famille comme un grain de poussière. Je n'arrêtais pas de lui trouver des excuses auprès de nos parents qui étaient encore vivants et s'inquiétaient de ses absences répétées.

Ses notes n'en ont pas souffert mais au fil des mois il est devenu de plus en plus soucieux et maussade.

Le bac en main, Rosa est retournée en Sicile pour deux ans. Son père espérait qu'elle se marie avec Pierrot une fois qu'il aurait lui aussi le bac.

En l'absence de Rosa, il continuait à fréquenter son père. Quand je lui ai demandé ce qu'il faisait chez eux, il m'a dit : « Je joue aux cartes. »

Et c'est le début de l'histoire qui l'a mené à l'exil, à la séparation et à la tragédie.

J'ai pris le maigre feuillet et je suis entré en furie dans le bureau sanctuaire.

– C'est ça que tu appelles « cracher le morceau » ? Tu comptes me laisser comme ça ?

– J'ai un voyage urgent demain à Singapour. Il fallait que j'arrête pour me préparer.

– Qu'est-ce qu'il s'est passé après avec cette Rosa ? Avec son père ? La Sicile ? Ça fait penser à la mafia, tout ça. Mon père m'a emmené voir *Le Parrain*. Il était bizarre après ce film. Pourquoi ? Est-ce qu'il était lié à la mafia ?

– J'essaierai de continuer l'histoire au retour de ma réunion. C'est important.

– Tous pensent que leurs réunions sont IMPORTANTES. C'est une question de priorités. Cette réunion est-elle plus cruciale que ma tranquillité d'esprit ?

– Ça pourrait l'être pour notre avenir.

– Et si ton avion tombe dans la mer ou heurte une montagne, qui va m'expliquer les crimes de mon père ?

– Pas de crimes, des erreurs de jugement.

– Et comment avez-vous pu être aussi couillons de penser que la mafia, organisation criminelle planétaire, ne saurait trouver mon père où qu'il soit ?

– La preuve ! On a toujours veillé à effacer nos traces !

– Quelle preuve ? Et si c'étaient eux qui l'avaient zigouillé au centre commercial ?

Louis-Pierre fait de son mieux pour masquer son choc. Tout ce qu'il dit pour clore mon attaque est :

– Il y a peu de risque que mon avion s'écrase.

Par son regard et ses gestes, il me montre que je n'ai pas d'autre choix que de quitter son antre. Galère !

Le meurtrier

Quand le drame est arrivé, j'étais trop bouleversé, trop submergé par mon auto-apitoiement, noyé dans mes larmes, secoué jusqu'à la moelle, bousculé par les instructions et orientations que je devais gérer sans la boussole qu'était mon papa, pour m'interroger sur son tueur. Je ne m'y étais jamais intéressé.

J'attends l'heure où je peux décemment téléphoner à Brad. Je l'arrête dans ses effusions sur la boum de la Saint-Valentin organisée à mon ancien lycée pour lui demander à brûle-pourpoint :

– Brad, qu'est-ce que tu sais sur le tueur de mon père ?

– J'ai un peu suivi les rares articles qui en parlaient. Ils ont établi que ce n'était pas un terroriste.

– C'est qui ?

– Je sais que c'est un homme de cinquante-sept ans, c'est tout ce que j'ai retenu.

– Est-ce que ton père peut enquêter ? Me donner un nom, une biographie du tueur. Où est-il maintenant ?

– Qu'est-ce qu'il te prend ?

– Je viens d'apprendre que mon père avait des ennuis avec la mafia.

– Quoi ?

– Je n'en sais pas plus. Ton père est avocat, il est bien placé pour fouiller là-dedans.

– Je lui demanderai, mais en quoi cela t'avancera ?

– On ne sait pas où la vie ou une enquête nous mène.

– Entendu, je lui demanderai.

On a papoté pendant une heure après. Il était tellement tard et j'étais tellement surexcité que le sommeil s'est échappé. J'ai pris le petit déjeuner en silence à 4 heures et demie avant le départ de mon oncle, sûr que je ne le verrais jamais plus. Je l'ai imploré de me signaler qu'il était bien arrivé.

Il a dit :

– Ça fait longtemps que personne ne se fait du souci pour moi. Il faut que je reprenne l'habitude.

Et Alexandre ? Je suppose qu'il est relativement neuf dans sa vie.

Je pars avec Gillian, Victor et sa mère pour une semaine de ski en Suisse. Gillian ne skie pas et ne veut surtout pas entendre parler de l'école de ski. « Je hais la vitesse, je déteste la glisse. Et tout ce matériel diabolique qui te fait marcher comme un golem. Pas pour moi, merci. » Elle a vu qu'il y avait un spa, une piscine et une bibliothèque sur place. L'hôtel choisi par Nicole va bien avec son style de vie : une semaine dans cet hôtel Ermitage doit coûter un an du salaire d'un ouvrier. Mon oncle a accepté sans sourciller. Il a même dit qu'il regrettait de ne pas venir avec moi.

C'était plus rustique, avec mon père, dans nos cabanes en bois à Stowe, dans le Vermont. C'est un des héritages de sa jeunesse qu'il m'a transmis. Il fallait que je sache skier. Et nager. Qu'est-ce qu'il était à l'aise sur des skis, comme dans la vie ! Il cachait bien le tourment qui l'habitait. Ou est-ce qu'il a réussi à tout oublier ? La veille de notre départ, dans le grenier, j'ai lu encore une lettre adressée à son frère où il raconte ses premières descentes à ski.

Je me rappelle mon Loulou que tu skiais tellement plus vite que moi et tu m'as perdu. J'avais tout simplement pris une pause chocolat chaud dans le petit restau sur la piste et tu étais fou d'inquiétude. J'avais la flemme de monter et de descendre. Tu étais toujours plus énergique que moi et tu continues à l'être.

Il fallait voir le petit déjeuner offert par l'hôtel pour le croire : il y avait une salle avec des fruits et des légumes coupés qu'on jetait dans la machine qui pressait des jus plus exotiques les uns que les autres. Il devait y avoir au moins trente sortes de pain en plus des viennoiseries, tartes aux fruits, gâteaux, céréales, y compris des muffins et des brownies. Un buffet de salades, un chef qui faisait des omelettes avec des ingrédients à volonté, un meuble à trente-six tiroirs avec, dans chacun, des variétés de fromages par dizaines, des plateaux de charcuterie. Commentaire de Gillian : « On n'est pas à plaindre ! » De Nicole : « Je vais grossir ! » De Victor : « On sera trop lourds pour le tire-fesses ! » Victor s'est occupé de nous faire des sandwichs pour pique-niquer sur les pistes. Ce n'est peut-être pas bien vu mais pourquoi pas ?

Je loue mon attirail de ski. Je suis équipé quand je suis dans le Connecticut mais pas à Paris. Je n'ai pas eu le temps de fouiller dans les affaires de mon oncle qui devrait avoir tout ce qu'il faut. Victor s'occupe des forfaits. Le temps est au beau, mais je n'arrête pas de penser à mon père qui faisait le clown sur les pistes. Il a eu raison de rire beaucoup et bien.

Nicole se fait des amis et skie avec eux, et Victor et moi vivons nos meilleures vies enneigées. On rentre à 15 h 30, à l'heure pour le buffet de gâteaux. Il faut avoir seize ans pour entrer dans le spa (peut-être parce que les gens sont nus). Nous passons sans problème. Je suis gêné mais j'essaie de ne pas regarder la collection de nichons et de zizis qui s'offre à moi.

Et puis arrive le dîner gastronomique aussi abondant que le petit déjeuner. Les Suisses sont encore plus coincés que les Français mais Gillian a réussi à en sélectionner quelques-uns qui se joignent à notre table, et les repas sont animés. Ainsi nous parcourons la semaine de ski agréablement, légèrement, sportivement, avec le beau temps qui bronze la peau de nos visages.

Nous arrivons à la gare de Lyon à 22 heures. Quand je vois Yacine qui m'attend, je panique mais il me met à l'aise :

– Monsieur Charles est bien rentré. Il m'envoie parce qu'il craint que vous soyez fatigués.

Gillian rentre en métro mais Yacine dépose Victor et Nicole.

Sur mon bureau, il y a quelques feuilles que je me mets à lire avant même de me changer.

Nous passons le bac tous les deux avec la mention très bien. On suit les classes préparatoires aux concours pour les grandes écoles au lycée Louis-le-Grand. C'est une souffrance, mais Pierre-Louis me pousse : « On donne deux ans de notre vie et on décroche le Graal. » Pour lui c'est Normale sup et moi Polytechnique. Notre première séparation.

Je ne savais pas s'il était en contact avec Rosa mais il continuait à jouer aux cartes chez son père. Je n'aimais pas autant les jeux que lui. Pour moi, c'était une pure perte de temps, mais je jouais avec lui pour profiter de sa compagnie. Je ne l'ai pas suivi dans ses tournois de poker quand il a commencé à se passionner pour ce jeu. Il les remportait tous, ou presque. C'est ainsi qu'il a attiré l'attention des mafiosi. Je ne voyais pas l'intérêt, mais il était grand. On ne se voyait que les week-ends. J'attendais toute la semaine pour passer ces deux jours avec lui. Je pense que lui aussi. Il se faisait plus facilement des amis que moi et me les présentait. Je savais qu'il voyageait certains week-ends en

Italie et partout en Europe avec le père de Rosa. Je lui en voulais de me priver de mon peu de temps avec lui. C'est comme si cela ne lui suffisait pas d'être brillant, doué, extrêmement intelligent, il voulait toujours plus. C'est son manque de modestie qui l'a perdu. Il était tellement plus flambeur et crâneur que moi avec ce besoin d'être admiré, fêté, gagnant.

Et puis il a coupé les liens avec ces gens. Je savais qu'il était troublé au moment où il a passé l'agrégation, pas pour devenir prof, juste pour suivre le cursus jusqu'au bout, mais nous étions tous coincés par cette formation intense, nos têtes dans l'étau de notre éducation exigeante.

Je ne savais pas qu'il était menacé. La voiture noire était à nos trousses comme un oiseau de proie. J'essaie de reproduire nos conversations :

– Tu as des nouvelles de Rosa ? je lui demandais en toute innocence.

– Elle est mariée avec deux enfants à Palerme.

– Et pourquoi tu continues à voir son père ?

– C'est une situation inextricable.

– Ça veut dire ?

– Ils ont vu que j'étais imbattable au poker alors ils veulent ma méthode.

– Tu as une méthode ?

– Oui, j'ai élaboré un algorithme.

– Pourquoi tu ne le leur donnes pas pour te débarrasser d'eux ?

– Je n'en serai jamais débarrassé ! J'en sais trop, je suis impliqué jusqu'au cou.

Je ne l'avais jamais vu aussi désespéré. Il réussissait tout ce qu'il entreprenait. Il était la personne la plus admirable, brillante et éblouissante que j'aie jamais rencontrée. Il n'y avait pas de rivalité, je n'étais pas jaloux, je l'idolâtrais, malgré ses faiblesses, c'est-à-dire ce besoin d'être adulé et de gagner. En vingt-deux ans de vie ensemble, il n'avait jamais perdu sa flamme. Là il était échevelé, débraillé, froissé, avec de grands cernes, amaigri, verdâtre.

– Qu'est-ce que tu crains ?

– Loulou, ils ont chargé Rosa de me faire la cour pour me recruter. Je n'en avais aucune idée, mais c'est la mafia.

– Comment tu sais ? Ils ne font pas de pub, n'annoncent pas qu'ils sont des mafiosi. Par quoi on les reconnaît ?

– J'ai vu leurs révolvers. J'ai eu plusieurs indices. Ils sont assez stéréotypés. La question est : pourquoi j'ai mis tant de temps à réagir ? J'ai les boules ! On peut être stupide quand on est étiqueté intelligent.

– Tu leur as dit que tu ne voulais plus jouer avec eux ?

– Oui, ils me laissent partir si je leur donne l'algorithme.

– Alors, vas-y. À quoi cela te sert ? Donne-leur contre ta liberté.

– C'est une organisation criminelle. Je ne veux pas qu'à travers moi, ils fassent du blé en extirpant des sous à de pauvres joueurs pour acheter des armes et commettre des meurtres.

– Ils pourraient te tuer ! Ou me tuer moi en nous confondant !

– Même si je donne l'algorithme, ils ne me lâcheront jamais. Ils en voudront un autre et puis un autre. Et puis ils auront sûrement peur que je parle.

– Il faut partir en brouillant les pistes.

– Il faudrait partir ensemble, car si je pars, ils te poursuivront. Ils savent que j'ai un frère jumeau.

– Toi d'abord. Je vais m'en occuper. Tiens-toi prêt.

– C'est incroyable ! Je suis bien ici avec toi. J'aime la France ! Il faudrait plutôt les zigouiller.

– Pour l'instant, tu n'as pas commis de crime. Tu vas juste commencer une nouvelle vie.

– Où ?

– Aux États-Unis. Je vais tout arranger.

Le plus dur était d'obtenir son accord. J'ai finalement réussi à le convaincre en insistant. On ne peut pas gagner contre la mafia. On ne voyait pas d'autre solution. On a attendu la fin du concours de l'agreg. Naturellement, il l'a eu. Ça m'a donné le temps de l'inscrire à l'université américaine. Nos parents trouvaient ça bizarre mais ils ont accepté le fait qu'en Amérique on pouvait faire de la musique ET des maths.

Quand il est parti, la vie telle que je l'avais connue a pris fin. Nos parents sont morts peu après. Je lui ai interdit de venir à l'enterrement, ce qu'il a très mal pris mais il s'y est résigné. On n'en a pas parlé dans nos lettres. Il y avait aussi des télégrammes pour les messages urgents.

Je crois que tu connais la suite.

Je suis né d'une galère épouvantable !

Métro mon ami

J'étais heureux d'avoir ce rendez-vous pour une visite du métro avec Robert, qui y a travaillé. J'avais besoin de détourner mon attention de mon nombril. Et il était temps que j'en sache davantage sur ma résidence secondaire, ce mode de transport souterrain tellement rapide et efficace.

Il était temps que je sache que la RATP est le premier transporteur multimodal au monde.

Je sais qu'il y a 16 lignes de métro, 5 lignes de RER, 12 lignes de tramway et plus de 300 lignes d'autobus. On peut aussi accéder aux deux grands aéroports de Paris avec Roissybus, Orlybus et la navette Orlyval (un métro automatique).

Je ne savais pas que la zone desservie par la RATP comportait 178 communes, pour une population d'environ 11 millions d'habitants.

Je ne savais pas que 60 000 hommes et femmes y travaillent pour les quelques 10 millions de voyages effectués quotidiennement, soit plus de 3,6 milliards de voyages chaque année.

Robert a pris le temps de m'expliquer le niveau technologique, les capacités d'organisation, de maintenance des réseaux de bus, de métro et tramway. C'était peut-être plus que je ne voulais savoir ! Papa a toujours dit que le but de la vie, c'est d'en savoir le plus possible, mais est-ce qu'il y a assez de place dans un petit cerveau qui pèse autour de 1,4 kg, qui mesure 1 290 cm^3 ? Peut-être que plus on fait entrer de choses, plus il y a de la place ?

Robert était content de m'amener dans le poste du commandement centralisé, fier de me montrer les secrets du métro, heureux de revoir d'anciens collègues et de me présenter comme si j'étais son petit-fils.

Après, il m'a proposé d'aller dans un restaurant où il mangeait à midi tous les jours. J'aurais aimé l'inviter dans un des restaurants chics et chers de Louis-Pierre, mais il était aux anges de revoir de vieilles connaissances. J'aurais aussi aimé lui offrir le repas, car mon argent de poche était sans doute plus conséquent que sa pension. Mais impossible d'exercer cette justice sociale sans lui enlever son plaisir. Je sais que je suis pourri gâté, sauf pour l'essentiel.

Le métro a été lancé en 1900 et il compte maintenant 308 stations. Si je prenais une année rien que pour sortir méthodiquement à chaque station, je serais le Parisien le plus connaisseur, mais je crois que je vais plutôt laisser la vie s'en occuper en prenant son temps.

Je suis presque arrivé chez moi, je commence à peine à dire « chez moi », quand je remarque la Mercedes noire qui rôde dans la rue. Quelle galère ! Ma rage est telle que je frappe furieusement sur le pare-brise. La voiture s'arrête, la portière s'ouvre, deux loubards en sortent, renfrognés et menaçants, mais ma furie me donne du courage et de la force. Je n'ai pas peur, ça a assez duré. Ces sales types ont déjà suffisamment saccagé ma vie. J'ai le confort de savoir aussi que mon père n'a pas commis de crime, juste une erreur de jugement, une erreur de jeunesse. Sans cette bourde, je ne serais pas né, je n'aurais pas connu mon père et je ne serais pas américain. Et me voici presque reconnaissant envers ces connards.

– Ce n'est pas la première fois que vous me suivez. Pouvez-vous me dire ce que vous voulez à la fin ?

– Nous cherchons Pierre-Louis Charles.

– Vous n'êtes pas sans savoir qu'il est mort, tué par balle, aux États-Unis l'été dernier. Qu'est-ce qui vous empêche d'arrêter de me harceler ?

– On veut la formule.

– Ce pourquoi vous poursuivez un adolescent innocent est enterré au Connecticut dans le cerveau ratatiné de son inventeur. Alors concrètement, qu'est-ce que je peux faire pour vous ?

Ils me fixent comme une bête curieuse et sauvage échappée d'un zoo. Ils ont plus peur de moi qui les affronte que moi d'eux. Ils m'ont déjà fait le pire. Je n'ai plus rien à perdre. Ils font volte-face, prennent place dans la voiture et déguerpissent.

Je voudrais demander à Louis-Pierre où je peux trouver le patron de ces deux-là pour lui faire face de la même façon.

Je me réfugie dans le grenier, Brookie avec moi, pour piocher une lettre au hasard :

Mon Loulou,

Aujourd'hui Alex a fait preuve d'intrépidité. Il s'est battu avec la petite brute de sa classe de CP (first grade) *qui lui a dit que son père est un sale étranger et qu'il n'a même pas de mère. Il voulait provoquer une belle bagarre. Alex a dit qu'il avait raison : sa mère est morte et son père vient d'un autre pays. Mais il n'est pas sale. Les étrangers ne sont pas sales. Et lui qui a un nom italien vient sans doute d'immigrés italiens. L'agresseur s'est enfui.*

Plus tard, Alex a invité le malfrat pour le goûter chez nous. Quand je suis venu le chercher, ils se tenaient par la main. Make peace, not war ! *Je ne sais pas de qui il tient ce pouvoir apaisant, sans doute de toi.*

Le garçon était subjugué par notre duo au piano, par mon gâteau chocolat au beurre salé, la maison que j'aimerais tellement que tu voies et mon fils qui est né de tes manigances. Disons que tu es un peu son géniteur aussi. Il n'a que six ans et c'est déjà un diplomate hors pair, un négociateur de la non-violence, il apprend aussi vite que

Pielou court. Grâce à sa maîtrise toute récente de l'art de l'écriture, il a écrit un poème :

My father is strange
A strange foreigner
I don't want him to change
Unless he becomes a farmer.

Mon père est étrange
Un étrange étranger
Je ne veux pas le changer
Sauf pour devenir fermier.

La traduction n'est pas top, mais tu seras d'accord que c'est pas mal pour un tout petit écrivain.

Voici sa photo : il y a une certaine ressemblance avec les frères Charles.

Tu me manques, tu nous manques,

Pierrot

J'ai dîné avec mon oncle et Alexandre. Je n'ai pas parlé de la Mercedes mais de la visite du métro et de l'étrange proposition de la prof de maths.

– Elle veut m'inscrire à un truc qui s'appelle le concours général.

– Ton père l'a remporté.

– Je pense que ce n'est pas une bonne idée.

– Tu as entièrement raison.

Bourgeons

Comme chaque jour, Brookie m'accompagne au lycée avec Yacine qui le ramène. Il n'y a rien d'aussi puissant que le langage. Depuis que nous pouvons parler ensemble, j'apprends le passé de Yacine, sa naissance en Algérie, son immigration en France, son intégration. On compare : lui est venu avec sa famille et il parlait le français. Il vivait au milieu d'autres Algériens dans une coquille arabe, sauf à l'école. Il avait cinq ans et s'est vite habitué.

Je pénètre dans le lycée avec la même sensation creuse d'être un naufragé. Heureusement que Victor est là, de bonne humeur, lui qui n'a jamais connu autre chose que cet endroit sordide. Deborah et Dahlia peuplent aussi mes journées d'une façon cordiale. Ce sont des copines, mais loin d'être des amoureuses. Je ne sais pas pourquoi, il manque l'élément mystérieux qui crée l'alchimie entre nous.

Ce n'est pas comme les premiers jours où j'avais peur, enfoncé dans un chagrin profond, et où tout était brouillard et bouillasse. Maintenant je connais le mécanisme, je n'attends plus rien des professeurs qui sont là pour gagner leur vie plutôt que d'enrichir la nôtre. Il y a quand même la prof de français qui est excellente. La prof de maths est bonne, dans le genre antipathique.

Comme Victor, le ministre de l'Éducation nationale, les professeurs, les gens de l'administration, tous n'ont jamais connu autre chose, ne regardent pas ailleurs, par exemple vers la Norvège qui a l'école considérée comme la plus réussie. Pourquoi on n'ouvre pas les yeux sur d'autres façons de vivre l'école ? Ici, il n'y a rien pour fédérer les élèves, les rendre fiers de leur école, les inspirer, les faire contribuer à l'ambiance, ou simplement leur donner le sourire le long des couloirs sinistres.

Je partage mes critiques avec Victor et il me regarde droit dans les yeux en déclarant :

– Faisons-le !

– Faisons quoi ?

– Une pétition pour soulever les foules. Après tout, on a déjà fait une grande révolution ici !

– Tu veux parler de la Révolution française ? Heureusement qu'ils ne se sont pas contentés de pétitions !

– Il faut y aller en douceur, par de petites touches que tu vas nous souffler.

– Mais je ne veux pas me faire remarquer.

– Il est temps que tu acceptes d'être visible. Tu parles parfaitement le français maintenant, ça va mieux pour toi.

Nous sommes là pour toi. Il n'y a plus d'excuse pour te cacher. Alors, on commence par quoi ?

– Par chanter !

– Quand ?

– À la cantine. Tu connais des élèves qui aiment chanter ?

– Sûr…

– Et des musiciens ?

– Ça devrait se trouver dans ce lycée.

– Et un piano ?

– Dans la salle de musique.

– On commence demain. Moi au piano, toi au chant.

– Mais on chante quoi ?

– Des tubes.

– Ceux que tu vas choisir ?

– Moi ? Il serait peut-être plus facile dans un premier temps de brancher de la musique dans la cour et d'inviter tout le monde à danser. Quand les autres élèves seront plus détendus, on pourra recruter quelques personnes pour mettre en place avec nous un programme quotidien.

– Oui, tu as raison.

– On commence demain ?

– Pourquoi pas aujourd'hui ?

Il y avait quatre heures jusqu'au « lancement ». Durant ces quatre heures, j'ai annoncé à la prof de maths que je ne ferai pas le concours général.

– Après tout, vous avez baissé ma note parce que vous ne me croyiez pas capable. Vous pensiez que j'avais triché.

– J'avais tort.

– Je n'aime pas l'idée des concours.

C'était comme refuser son cadeau et elle a mal réagi, en me tournant le dos. Elle est sortie de la classe et ce simple dos exprimait toute sa colère. Je suis soulagé de ne pas avoir eu à affronter son visage.

En français, j'ai complètement oublié mes devoirs. Je n'ai pas donné d'excuse. Je me suis endormi en histoire, je pense que j'ai même ronflé. Le prof m'a envoyé voir le principal qui m'a donné un avertissement. J'essaie de penser à ce qui me serait arrivé à West Hill High si j'avais commis le même crime. Je pense que le prof m'aurait encouragé à me coucher plus tôt. Mais je ne me suis jamais endormi en classe. Je n'avais pas autant besoin de m'évader.

Il faisait beau. Le printemps s'annonçait avec des bébés feuilles qui naissaient sur les branches des ormes. Après le déjeuner qui consistait en un poisson impossible à identifier avec une sauce tomate qui sentait la boîte, les convives dégoûtés sont sortis dans la cour. Victor et moi avons allumé nos téléphones pour avoir plus de volume. J'ai commencé à danser avec Deborah. Timidement d'autres ont suivi notre exemple, surpris par leur propre audace. Petit à petit, une paire de pieds après l'autre, l'austère cour de prison s'est transformée en discothèque.

Alerté par le bruit, le principal s'est dirigé vers moi à grands pas :

– Trop fatigué pour apprendre, mais tout à fait réveillé pour danser, j'aimerais vous revoir dans mon bureau.

Encore une galère !

– Jusqu'à aujourd'hui, vous étiez exemplaire, alors je vous conseille de continuer ainsi.

– J'essaie seulement de contribuer à une meilleure ambiance dans ce lycée en apportant quelques idées d'Amérique.

– Nous sommes en France.

– N'empêche que…

– Le règlement, c'est le règlement.

– Où puis-je lire ce règlement ? Est-ce que c'est interdit de danser ?

– C'est interdit d'être impertinent.

– Est-ce que c'est interdit d'être vivant ?

– Ça suffit, vous pouvez sortir d'ici et vous débarrasser de vos idées d'outre-mer.

Victor m'attend.

– Comme premier pas, c'est raté, je dis.

– Tu plaisantes ? Tu as vu les sourires des autres ? Il faut qu'on y aille avec l'accord du proviseur. On n'a pas été malins. D'ailleurs, ça y est, j'ai une liste de musiciens et de chanteurs.

– Peut-être qu'on peut recruter le prof de musique ? Mais moi, il faut que je fasse profil bas quelque temps.

– Tu as raison. Et si j'envoyais mon père défendre notre idée ?

– Il faut qu'on se défende nous-mêmes.

Gillian a corrigé ma lettre au principal en disant que c'était un chef-d'œuvre.

Cher Monsieur le principal,

Je m'excuse pour le manque de protocole, j'aurais dû vous consulter avant de lancer mon plan « ballon d'oxygène » au lycée. Loin de moi l'intention d'être irrespectueux ou impertinent. C'était juste un déclic, une sorte de réveil. J'avais passé sept mois à m'apitoyer sur mon sort d'orphelin transplanté dans ce que j'ai d'abord pris pour un pays hostile et antipathique. Avec la naissance en moi de la langue française, la possibilité de communiquer m'a ouvert des horizons. J'ai commencé à découvrir les atouts de la France et j'ai cessé de rêver à mon retour dans ma vie antérieure.

Sauf au lycée. Je me suis fait quelques amis et j'ai retrouvé mon statut de bon élève, mes journées dans le système sont donc devenues supportables, mais jamais agréables. Pourquoi ne sont-elles pas agréables ? Ne peut-on pas éprouver du plaisir à apprendre ? Le lycée doit-il être une punition, même dans le meilleur des cas ?

Critiquer, est-ce un mal ? Désirer que ce soit différent, est-ce un crime ?

Je sais que l'on ne peut pas importer une culture, une mentalité, une histoire, une infrastructure, mais ne peut-on introduire quelques détails pour améliorer l'ambiance et créer de la joie entre ces murs austères ?

Il ne s'agit pas d'un investissement financier ou du recrutement de personnel. Tout ce que nous demandons, ce sont quelques plages de liberté dans la journée scolaire.

J'aurai bientôt seize ans. Je ne sais pas ce que je veux faire plus tard, mais tout de suite j'aurais aimé faire profiter mes camarades de classe de l'avantage que j'ai de connaître autre chose, comme les bienfaits de danser, de se lâcher au milieu de la journée pour ensuite revenir à plus de concentration. Je vise deux changements : commencer la journée lycéenne en chantant, soit en solo, soit en chœur. Je suis en train de prendre contact pour recruter des chanteurs volontaires. On aimerait aussi organiser des karaokés et inviter l'ensemble des élèves à chanter.

Ce n'est pas une révolution, peut-être une douce évolution. Si on avait la chance d'augmenter cette chose élusive qu'est le bonheur, ne serait-ce que d'un iota, ne doit-on pas tenter l'expérience ?

La France m'a bien accueilli et j'aimerais rendre la pareille.

Si vous réagissez favorablement, je vous soumettrai le programme, les horaires, le matériel et le budget, sans rien vous demander. Pour l'instant, mon groupe d'amis et moi ferons le nécessaire pour prendre les éventuels coûts en charge.

En vous remerciant de prendre en considération ma demande,

Alexandre Charles

Quand j'ai montré la lettre à mon oncle, il m'a proposé de me recruter dans son entreprise.

Nice

– Brad m'a demandé s'il pouvait venir quelques semaines en juillet.

– Pas de problème. Et si vous voulez, vous pouvez passer une de ces semaines dans notre maison à Nice, dit mon oncle.

– Je tiens à lui montrer Paris. Mais j'aimerais beaucoup voir la maison et Nice. J'ai visité pas mal de villes en Europe avec Gillian, mais pas du tout en France.

– Aimerais-tu y faire un saut ce week-end ?

– J'ai Gillian.

– Elle peut venir. Alexandre viendra aussi. On prendra l'avion vendredi soir pour revenir dimanche en fin d'après-midi. D'habitude j'y vais en train mais nous n'avons que deux petits jours. Je louerai une voiture à l'aéroport.

– Oui, chouette, j'appelle Gillian tout de suite et je te dis.

Dans les albums au grenier, on peut voir les jumeaux à différentes étapes de leur vie sur une terrasse, derrière eux, se trouve un jardin avec la mer en arrière-plan, des palmiers, des mimosas, des bougainvilliers. Sur un mur du grenier, la seule affiche de la maison, toute jaunie, clame « Nice Soleil Fleurs » et est signée Marc Chagall. J'étais flatté que sept mois après mon arrivée, mon oncle me juge digne de découvrir cette résidence secondaire.

Je pensais trouver un sanctuaire pour les araignées et les rats tapissé de crottes dans une jungle d'herbes folles. Une maison a besoin d'être entretenue. C'est pour cela que mon tuteur a jugé bon de louer notre maison dans le Connecticut. Une maison, il faut la choyer, la cajoler, être aux petits soins. Une maison doit vivre. Je m'attendais donc à trouver à Nice une ruine négligée, détériorée, délabrée, abandonnée.

À la place, j'ai trouvé le Taj Mahal, l'Alhambra, Buckingham Palace, en plus modeste. Le jardin de Versailles, de Giverny, de la villa d'Este en moins imposant, juste pour dire ma surprise et mon éblouissement. C'est bien de ne pas avoir d'espérances trop grandioses pour vivre des émerveillements successifs. Mon oncle ne m'avait pas soufflé mot sur cette maison et avait gardé la surprise.

Louis-Pierre nous a fait entrer par la porte de service « parce qu'on va la surprendre ». Surprendre la maison ? Pas la peine de lui demander qui on va surprendre, il ne m'aurait pas répondu.

Nous sommes arrivés dans une cuisine. J'avais l'impression bizarre d'avoir été télétransporté dans notre cuisine dans le Connecticut, tellement chaleureuse et douillette, dont celle-ci est certainement l'inspiration. Mon père a simplement copié l'habitat de sa jeunesse. Il a importé, pièce par pièce, de brocante en brocante, la France ! Du moins, sa France méditerranéenne, sa France niçoise, son enfance, sa jeunesse, sa famille, son frère. Et Louis-Pierre, condamné à rester en France, amputé de son frère, a transformé sa maison, à son image, en un palais stérile, aride, inhospitalier, infertile, à part le piano.

Mes yeux tombent sur le frigo, couvert de photos de... moi et encore moi, moi avec mon père, à quatre mains au piano, au ski, à un match de baseball. Il y a même Brad et moi, Melissa et moi. Petit moi, j'existe à Nice, moi qui ne savais pas que Nice existait.

On va au salon où trône un piano aussi. Rencontrer un piano, c'est comme rencontrer un vieil ami, avec la possibilité de remplir le monde de musique. Je plonge dans le canapé pour observer la mer étincelante, le ciel bleu azur qui a justement donné son nom à cette Côte d'Azur. Je me dis que je pourrais rester là pendant cinq cents ans. Pas besoin de chercher la définition de la beauté. Gillian et Alexandre sont aussi épatés que moi. Et Louis-Pierre semble... heureux !

Une surprise exquise, une surprise c'est l'inattendu, l'inattendu c'est l'aventure, l'aventure c'est un pas dans l'inconnu, l'inconnu c'est une surprise. Papa savait me faire des surprises : un cadeau dont je n'étais pas conscient d'avoir besoin – un bracelet de montre, une batterie neuve pour mon ordinateur faiblissant, des écouteurs avant de prendre le train, un pain d'un artisan boulanger, des gants chauds avant la neige. Il aimait m'acheter des chaussettes fourrées, des pantoufles en caoutchouc mousse et des traductions de livres qu'il avait lus enfant et dont je ne me rendais pas compte que c'étaient des traductions du français. Il me « vendait » le livre avec tant d'enthousiasme que je me précipitais pour le lire.

Une surprise peut en cacher une autre, comme un train. Une employée nous apporte un snack post-dîner car nous avons mangé à l'aéroport. Des petits-fours salés qui s'appellent « pissaladière », tarte aux blettes, des verrines de ratatouille avec du pastis à peine alcoolisé.

Quand une femme aux cheveux blancs, grande, élégante, l'âge d'une grand-mère expérimentée, bien habillée, entre au salon, ses yeux lui sortent de la tête et sa mâchoire se détache de son visage.

– Tante Élisabeth !

– Mon Loulou, tu aurais pu me prévenir !

– J'ai prévenu Lucette. Je voulais te faire une embuscade.

– Tu me fais les présentations ?

Elle balaie la pièce de ses yeux qui tombent sur moi et c'est instantané, elle se met à sangloter. Dans son déluge de larmes, elle vient vers moi. Je me lève pour être englouti dans ses bras, dans sa tempête d'émotion, ma tête au creux de son cou. Quand elle prend un peu de distance pour me fixer de haut en bas, elle pleure encore.

– Alex ! Je n'ai vécu que pour ce moment. Tu es ton père tout craché, le sosie de mon Pierrot et de mon Loulou. Tu vois, on n'avait pas besoin de présentations !

– Quand même ...

– C'est ma tante Élisabeth, dit Louis-Pierre, la sœur cadette de ma mère, notre deuxième mère ou, de manière plus réaliste, notre première mère.

– Je suis la vieille fille de la famille. Pierrot et Loulou me servaient d'enfants. Et toi... de petit-enfant.

– Je ne sais pas si je dois vous vouvoyer ou vous tutoyer...

Je regarde Gillian avec une expression qui crie au secours.

– Tu fais comme tu le sens, je suis après tout ta presque grand-mère.

– Je te présente donc Gillian Rosner que mon oncle a eu le génie d'engager pour m'apprendre le français. Je n'en parlais pas un mot il y a encore quelques mois.

– Bonsoir Gillian, dit ma toute nouvelle grand-tante/grand-mère, vous avez effectué un travail remarquable en si peu de temps. Il n'a pas le moindre accent.

– C'est un élève motivé et brillant. C'était facile.

– Et moi ma chère tante, je te présente Alexandre.

– Deux Alexandre ?

– C'est un prénom populaire.

– Mon père m'a toujours appelé Alex.

– Bienvenue aux Alex, aux Alexandre, aux Louis-Pierre et aux Gillian. Installez-vous où vous voulez, toutes les chambres sont toujours prêtes. On se verra demain matin. J'ai prévu une sortie avec un nouveau candidat à mon affection ce soir. C'est pour ça qu'il aurait fallu me prévenir !

– Amuse-toi bien, je dis, stupéfait de rencontrer un nouveau membre de ma famille qui, avant, était réduite presque à néant.

Cette grand-tante me plaît bien, vieille femme indigne, toute jeune par son allure et son discours. Le petit déjeuner sur la terrasse surplombant le port et la baie des Anges m'éblouit et m'aveugle. Une bienfaitrice de l'humanité est sortie acheter des baguettes chaudes et des croissants, rien de neuf dans ma vie d'orphelin privilégié, sauf la mer. La mer est un déclic qui me fait promettre de ne jamais vivre loin d'elle. Je suis ébahi, médusé. Louis-Pierre est souriant, Alexandre hilare, Gillian chantonne et la grand-tante Élisabeth ajoute à l'ambiance en nous résumant son rendez-vous galant de la veille ainsi : « Coincé, voûté, six mentons, deux oreilles gigantesques et carrément vieux. »

À ma demande, elle propose de m'amener avec Gillian au musée Chagall ce matin et d'aller manger la socca dans la vieille ville avec tout le monde. Si on a encore de l'énergie, on fera le musée Matisse l'après-midi. La veille, quand les hommes, le plus faible des sexes, se sont couchés,

Gillian et Élisabeth sont restées parler dans la nuit et ont déjà un lien fort.

Élisabeth prévoit la daube niçoise pour le soir avec la polenta et dimanche, avant notre départ, ce sera farniente.

Pour cette dernière journée, Louis-Pierre et moi jouons notre ébauche de programme sur le compositeur Pierre-Louis Charles. On pleure tous les deux en jouant, accompagnés par tous les spectateurs.

Le lycée qui swingue

J'aurais pu rentrer sans avion tellement Nice m'a donné des ailes. Elle m'a aussi ouvert des horizons et ma tête baigne dans la grande bleue. Rien que de savoir que cette maison, cette mer, ces palmiers, cette lumière, cette Nice Soleil Fleurs existent me gonfle d'un bien-être que je n'avais pas connu en France jusque-là. Et je suis tombé amoureux de... ma grand-tante Élisabeth. Elle a fait ce que mon oncle n'a pas pu faire : elle m'a pris dans ses bras et elle a pleuré pour moi et avec moi et pour elle. Je me demande si tout aurait été différent si je l'avais rencontrée à mon arrivée pitoyable en France. Elle n'a pas arrêté de me faire de minuscules bisous, de prendre mes mains, de me toucher, d'être touchée, de s'extasier sur mon être, de m'admirer... de m'idolâtrer. Et j'ai fait exactement la même chose pour elle ! On a tellement besoin d'affection, autant, ou presque, que de pain. J'aurais dû initier dès le départ ce genre de relation affectueuse avec Louis-Pierre mais j'étais en état de choc. Est-ce qu'on passe sa vie à dire « j'aurais dû », « j'aurais pu », « j'aurais voulu » ?

Je lui ai écrit un poème à mon retour car, malgré son âge, elle est informatisée, au courant de tout, branchée.

Je n'ai pas de mère et pas de père
Mais j'ai une grand-tante/grand-mère
Je ne suis plus tellement à plaindre.
Et puis j'ai trouvé une oasis :
La ville de Nice
Je ne peux plus me permettre de geindre.
J'étais sentimentalement crevé
Mais maintenant je peux rêver
Plus rien à craindre.
Merci ma grand-tante toute nouvelle
Tu m'as donné des ailes
J'ai hâte de te rejoindre.

Alex qui t'attend à Paris

Et mon père cachait tout ça en lui. Comme ça devait être dur.

– Pourquoi tu as attendu tout ce temps pour m'amener à Nice ?

– Je n'en avais pas la force. On y a passé toutes nos vacances et de nombreux week-ends avec Pierrot. Les souvenirs m'auraient anéanti.

– Et maintenant ?

– Le temps fait son travail. En partie…

– J'ai adoré cette escapade.

– Moi aussi ! La patience paie ! Veux-tu que je t'accompagne au lycée avec Pielou ? Je travaille à la maison aujourd'hui.

– C'est mon jour de chance !

– Tu te sens toujours aussi opprimé au lycée ?

– Victor m'a ouvert les yeux en m'invitant à essayer de changer les choses et d'importer un peu de mon expérience américaine ici. Je me sens mieux avec cette perspective.

– Le principal a-t-il répondu ?

– Oui, il m'a convoqué ce matin.

– Tu t'attends à quoi ?

– Une brimade !

– Veux-tu que je vienne avec toi ? Je le connais, tu sais ? Il m'a reçu quand je t'ai inscrit.

– Je pense qu'à bientôt seize ans, je dois affronter mes propres dragons.

– C'est bien aussi d'accepter de l'aide. Se battre à plusieurs est mieux que se battre seul.

– L'enjeu n'est pas si grave ! Ou bien on va chanter et danser, ou bien non. Le lycée continuera à dispenser le savoir de sa façon sinistre, ou bien il s'ouvrira à d'autres influences.

– Ce lycée a ouvert le 8 octobre 1912. Il n'a pas un si mauvais record.

– Regarde autour de toi : dans la rue, dans le métro, à l'approche de cette institution honorable qui perdure. Franchement, tu trouves que ça respire le bonheur ?

– On ne peut pas être heureux vingt-quatre heures sur vingt-quatre.

La phrase de mon oncle m'interpelle. Il a raison, on ne peut pas être heureux tout le temps. On ne peut même pas être malheureux tout le temps ! Ce serait quand même pas mal de cueillir le plus de moments heureux possible quand ils s'offrent à nous, non ? N'empêche que ma cause semble moins sacrée, c'était juste une petite idée. Je ne me battrai pas bec et ongles pour une heure de danse. Le lycée français poursuivra son évolution naturelle, c'est-à-dire pas d'évolution, à sa façon austère, rigoriste, étriquée et méprisante, jusqu'à la fin des temps.

Cette hypothèse est confirmée par ma rencontre avec le principal, un vrai pince-sans-rire, vraiment au sens propre, pas même un petit rire pincé, qui accepte, à contrecœur et à titre expérimental, de permettre un après-cantine dansant, le dernier vendredi de chaque mois. Galère !

Victor s'efforce de me faire comprendre que c'est quand même une avancée, bien que modeste. Il veut que l'on prépare le premier rendez-vous qui tombera le 1er avril, *April Fool's Day*, comme un poisson d'avril.

Je pense à Melissa avec qui je dansais tous les jours. Avec qui danserai-je ici ? Dahlia est trop coincée et intellectuelle. Deborah, je ne peux pas l'imaginer danser.

Je danserai tout seul !

De l'autre côté de la grande flaque

Une journée est vite passée (sauf au lycée). Répéter avec Louis-Pierre, faire mes devoirs, manger. Ce soir, Gillian se joint à nous. Mon oncle réagit et interagit bien avec elle. Je n'imagine pas une personne au monde qui ne l'aimerait pas, tellement elle est vive et stimulante, drôle et toujours à l'écoute. Le dîner a duré plus longtemps que d'habitude. Encore des bricoles et des miettes de devoirs casse-pieds. Ainsi, décalage horaire parfait, j'ai pu téléphoner à Brad et lui raconter la nouvelle révolution française au lycée. Les élèves étaient fous de joie quand Victor leur a dit qu'on allait pouvoir s'éclater une heure par mois.

– Tu plaisantes ! Ce n'est pas l'idée que nous avons de la France de ce côté de l'océan. On pense vin, liberté, amour et oh là là, youpla boum !

– À Nice peut-être ! On ira quand tu viendras cet été. Je voudrais aussi inviter Deborah, Dahlia et Victor pour une partie des vacances. J'ai eu la chance de me faire quelques amis.

J'en profite pour lui faire le récit de notre week-end étonnant. Mais je ne veux pas trop en dévoiler pour qu'il soit aussi ébahi que moi dans quelques mois.

– J'ai aussi des nouvelles : mon père a enquêté sur le tueur de ton père.

J'ai du mal à respirer, j'ai des palpitations et le vertige. Il s'avère que le tueur est italien, arrivé de Paris dix jours avant le meurtre. Brad me donne son nom, Giuseppe Marino, cinquante-sept ans, sans emploi, attendant d'être renvoyé en Italie par commission rogatoire pour être jugé et condamné.

– Ça confirme mes soupçons. La mafia.

– Mon père ne comprend pas.

– Qui peut comprendre une telle haine gratuite et une telle violence inutile ?

– Pourquoi ton père ?

– Je te l'expliquerai un autre jour. J'imagine que le tueur a été envoyé pour étudier la routine de mon père et le suivre. Et, pour tout te dire, ils me poursuivent aussi.

– Il doit y avoir un recours.

– Pour mon père, c'était la fuite, mais on ne peut que constater qu'on ne peut pas leur échapper.

– Mais pourquoi toi ?

– Ils doivent penser que j'ai l'information qui les intéresse.

– Qu'est-ce que tu vas faire ?

– Les tuer ou me tuer ! Avec une franche préférence pour la première option.

– Tu as parlé avec ton oncle ?

– Il est au courant. Il n'a pas de solution non plus.

– Pourquoi ne pas en parler à la police ?

– Brad, je n'ai aucune idée de comment aborder le problème. C'est une malédiction, au-delà de tout ce qu'on peut imaginer. J'ai simplement envie d'aller parler avec eux pour leur dire : « Je n'y suis pour rien, j'ai quinze ans, j'ai perdu ma mère, j'ai perdu mon père. Que voulez-vous de moi ? »

– Tu crois qu'ils vont t'écouter, tu penses que ces cons ont un gramme de compassion ? Tu as vu les films ! Les victimes supplient et implorent, marchandent, négocient, pleurent, invoquent Dieu. Ce sont les criminels les plus cruels et inhumains, des bêtes, des brutes, des vrais méchants.

– Il faut que je trouve une solution. Déménager à Nice, peut-être ?

– Tu vois bien qu'on ne peut pas leur échapper…

Trop remué pour dormir, je fais une virée au piano où je trouve mon oncle en train de déchiffrer d'autres compositions de mon père.

– Toi non plus tu n'arrives pas à dormir ?

– J'ai des renseignements sur le meurtrier de mon père. Ce n'est pas un déséquilibré mais un Italien en provenance de Paris qu'ils sont en train d'extrader pour le juger en Italie.

Louis-Pierre pâlit, lève ses mains du piano et fait tomber sa tête sur le clavier avec un bruit de cordes de désespoir.

– On ne peut pas appeler la police ?

– Alex… tu penses que je n'ai pas mis nos avocats et tous nos contacts sur le coup pour essayer de nous sortir de ce pétrin, avant d'exiler mon frère qui était tout pour moi ? Tu penses que je n'ai pas rencontré des historiens de la mafia, des romanciers, des scénaristes, des experts divers ? Et tout ça pour rien !

– Il faut pourtant trouver une solution…

– Ou vivre avec…

– Ou mourir avec…

Happy birthday

Pourtant je continue de réfléchir à une solution. Mon père disait qu'il y a toujours des solutions. A-t-il eu tort ? La voiture noire semble avoir disparu depuis la confrontation.

Et puis le 18 avril arrive, jour de mon anniversaire. Mon père remplissait la maison de ballons de toutes les couleurs, même quand je n'étais plus un petit môme ! Il faisait son gâteau arc-en-ciel que j'apportais à l'école (chaque enfant fêtait son anniversaire en classe). Je me levais au son d'un *Happy birthday to you* tonitruant au piano. Il y avait un petit déjeuner de rêve : pancakes, sirop d'érable, bagels ! Chasse aux trésors, poème à mon intention, jeux, fêtes, feux d'artifice. Il était si profondément heureux que j'existe.

Ça m'étonnerait que mon oncle prenne note de mon anniversaire et je n'ai rien dit à personne. Pourvu que je puisse garder cette journée pour moi tout seul et mes souvenirs. C'est le week-end et il pleut, on dirait l'hiver, ça tombe bien. Je monte au grenier pour feuilleter les albums de photos. Il y a des cartons que je n'ai pas encore fouillés. Un carton de cahiers par exemple. J'en déniche un de Pierre-Louis Charles rempli de formules mathématiques. Est-ce que c'est ça qu'ils cherchent ? Je parcours le cahier. Il faudrait déjà être un génie pour déchiffrer ces gribouillis. Est-ce que ce sont ces pattes de mouche qui vont me libérer de mon fardeau ? Voici mon cadeau d'anniversaire ! Merci papa ! Je l'enfonce dans mon sac à dos.

Il n'y a personne dans la maison. Je sors rejoindre l'humanité dans le métro. Qui aurait cru l'année dernière, le jour de mes quinze ans, que je passerais l'année suivante dans le métro parisien ? Cela prouve bien que l'avenir est nébuleux. On s'installe confortablement dans nos vies et puis boum, une guerre, un tremblement de terre, une sécheresse et la famine, et pire que tout : la perte d'un être aimé. Ne sait-on jamais le mystère de « *Que sera sera* » ?

À Green Hills, je rencontrais souvent des gens que je connaissais dans la rue, au supermarché, dans un restaurant, et le bref bonjour qui nous liait me remplissait d'une sensation d'appartenance. À Paris, je n'ai jamais fait une telle rencontre, à part les copains canins de Brookie. Et voici que je m'assois dans la ligne 8 et j'entends : « ALEX !!!! » Je suis tellement sonné que je ne me rends pas compte que c'est Gillian.

– Je t'ai appelé plusieurs fois.

– On n'avait pas rendez-vous aujourd'hui…

– Je sais mais j'avais une envie furieuse d'un couscous et je me suis rappelé combien tu aimais ça. Tu ne réponds plus au téléphone ?

– Si, attends. J'ai peut-être coupé le son. Oui, j'étais dans le grenier et je ne voulais pas qu'on détecte ma présence.

– Alors couscous ?

– Bien sûr couscous. Ça ne se refuse pas !

– D'abord, j'ai besoin d'une librairie, d'un chocolatier et d'un coiffeur. Ça fait combien de temps que tu n'as pas fait couper tes cheveux ?

– Tu as raison ! Ça fait un siècle.

– Oui, tu ressembles à un homme du siècle dernier !

– Un homme ?

– Oui, mon chouchou, tu es un homme !

– Quelle est la définition d'un homme ?

– Quelqu'un qui apprend à parler parfaitement le français en six mois ! Qui évolue et qui s'adapte aux changements. Qui vit malgré l'affliction. Qui s'épanouit par sa propre volonté.

– Qui a de longs cheveux qu'il a oublié de peigner ?

– C'est possible, mais non. On va sortir là… à Bonne-Nouvelle. Parce que tu es une bonne nouvelle !

Pendant que j'étais chez le coiffeur, Gillian a fait ses courses. C'est curieux parce que mon père a toujours profité de mon anniversaire pour me traîner chez le coiffeur.

Pourquoi ai-je tant de résistance pour ce simple acte de chirurgie esthétique ?

Gillian approuve la transformation, moins de paille qui pousse dans tous les sens sur ma tête. J'avais mis une veste ce matin et une belle chemise pour marquer ce jour pour moi-même.

Nous entrons dans le restaurant, Gillian avec ses paquets et un grand bouquet de fleurs, moi avec mon nouveau look. On aurait pu être mère et fils.

Le couscous est réjouissant, je crois que ce plat va devenir mon repas d'anniversaire annuel. Avec mon père, c'était le *meatloaf* et les pommes de terre au four. Le couscous avec ses couleurs, ses épices, son abondance est un chef-d'œuvre gastronomique. Une raison de vivre ! Je me suis resservi trois fois en me retenant pour ne pas en reprendre une quatrième fois !

Un assortiment de pâtisseries moyen-orientales au nombre de seize arrive, chacune avec une bougie. Elle a eu le bon goût de ne pas me chanter la chanson.

– Tu savais ?

– Je le savais ! Combien de fois ai-je vu ta carte d'identité ? Et ton oncle me l'a rappelé hier parce qu'il ne pouvait pas être présent.

– Mon oncle ?

– Il n'est pas indifférent. Il a insisté pour que je fasse la fête avec toi. Enfin, « insister », c'est une façon de parler.

– On va lui apporter quelques gâteaux.

Gillian me tend une boîte de chocolats et un paquet. Je décolle le papier.

– *La Vie mode d'emploi* de Georges Perec. Est-ce que je vais enfin apprendre le mode d'emploi ?

– Tu vas surtout recueillir la plus grande collection de mots de la langue française. C'est mon livre fétiche !

– Tu as un nouveau livre fétiche toutes les semaines. Tu m'as parlé de Virginia Woolf.

– Celui-ci est mon livre français fétiche !

– Merci Gillian. Le plus grand cadeau, c'est toi, ton amitié, ton aide, ta personne. Je ne voulais pas d'anniversaire cette année. Je voulais rester avec mes souvenirs du dernier, mais je suis heureux d'être ici avec toi.

– On avance ! Regardons devant et pas derrière.

Avec mon bouquet et mes paquets, je suis rentré en métro bien que j'aurais aimé marcher. À la sortie, la voiture noire spéciale anniversaire s'est mise à me suivre de nouveau pour me rappeler la vraie vie... ou la fausse vie. Galère !

Au feu rouge, je me suis précipité pour ouvrir la portière arrière et me glisser à l'intérieur de l'habitacle.

– Amenez-moi à votre chef !

– Ce n'est pas dans nos instructions.

– Quelles sont vos instructions ?

– ....

– Je ne sortirai pas avant d'avoir vu votre chef.

L'un d'entre eux téléphone à leur chef en chuchotant. Le conducteur a ses nouveaux ordres. On traverse Paris.

On dit que Shakespeare est mort le jour de son anniversaire. Je n'ai vraiment pas envie de mourir. J'écris un mot à Gillian pour lui dire que je suis dans la voiture des mafiosi et qu'on vient de faire le tour de la place de la Concorde.

À chaque point de repère, j'ai envoyé un nouveau SMS comme des cailloux du Petit Poucet.

À mes trousses et frousse

Nous sommes en banlieue sud, j'ai vu le panneau Bourg-la-Reine. Gillian m'a dit d'activer la géolocalisation de mon téléphone. On est passés par le portail qui se referme après nous pour atteindre une villa conséquente – est-ce ici que mon père jouait aux cartes ? – et ils se sont garés devant. Même si Gillian et les autres savent où je suis, ils ne pourront pas pénétrer dans ce lieu.

Chacun des deux goujats a attrapé un de mes bras à ma sortie de la voiture pour me faire monter les quelques marches qui mènent à l'entrée. La porte s'est ouverte sur un homme d'une soixantaine d'années, costume, cravate, cheveux gris bien coiffés, beaucoup d'efforts pour masquer sa barbarie. On aurait pu le prendre pour un PDG huppé et presque civilisé.

– Que voulez-vous de moi ? je demande.

– On m'a dit que tu voulais me voir. Me voilà.

– C’est vrai : j’ai quelques questions à vous poser. Pourquoi vous me suivez ? Pourquoi avez-vous tué mon père, et peut-être même ma mère ? Et je répète : Que voulez-vous de moi ? Voulez-vous me tuer ?

– Ton père était comme un fils pour moi. Il m’a déçu en disparaissant. Je voudrais juste me rapprocher de toi.

– Pourquoi ?

– Parce que tu lui ressembles.

Il est fourbe et faux jeton. Mielleux, perfide, et surtout dangereux. Il ne m’aura pas, impossible d’oublier qu’il est sans doute le commanditaire du meurtre de mes parents. Il faut que je me maîtrise, comme lui, pour ne pas l’étrangler de mes deux mains. Lui ne cille pas, supérieur, intouchable, avec ce sentiment d’impunité gagné par des années de violence.

– Pourquoi l’avez-vous fait assassiner ?

– Je ne suis pour rien dans cette regrettable affaire.

Le salaud ! Sous ses apparences raffinées, il sait très bien ce qu’il a fait. Peut-être veut-il me zigouiller avec mon oncle pour terminer le travail et effacer les traces.

– Mais pourtant c’est vous qui me faites suivre depuis mon arrivée en France.

– Oui en effet, pour ta… protection, dit-il avec un méchant rictus.

– J’appelle ça du harcèlement.

– D’ailleurs, pour ta protection, nous allons te garder ici un temps.

– Contre ma volonté ?

– S'il le faut. As-tu faim ou soif ?

– Vous êtes des gentlemen criminels. Mais qu'est-ce que vous attendez de moi ? Je ne suis pas un génie comme mon père. Est-ce que vous le punissez encore à travers moi ?

– Mais tu as le culot que ton père n'avait pas ! dit-il en sortant un peu de ses gonds.

Je vois que ce n'est pas la peine de discuter. Brad a raison : ces gens n'ont pas d'oreilles, pas de cœur, pas d'entendement. C'est déjà assez difficile de comprendre les gens « normaux », qui pourrait alors sonder les cerveaux de détraqués pareils ? J'ai juste intérêt à patienter. Je regarde autour de moi et je préfère le high-tech stérile et sec de mon oncle à toutes ces dorures. C'est criard, tape-à-l'œil. Ces meubles et chandeliers baroques, cette ridicule imitation des rois de France, ce bric-à-brac de fausses œuvres d'art sans rime ni raison hurlent le mauvais goût. L'argent ne peut pas acheter le bon goût.

Curieusement, je n'ai pas peur. Il m'invite à m'asseoir. Je me tais car je crois qu'il est champion de joute verbale. Justifier, mentir sont une seconde nature chez les individus de son espèce. Je m'enfonce dans le fauteuil et j'écris cet imprévisible scénario dans ma tête. J'ai l'impression d'y passer une vie et demie. Un peu la galère. Parfois le temps échappe à tous les calculs. C'est un anniversaire insolite. Est-ce que mon père m'a amené voir *Le Parrain* à dessein ?

Je ne sais pas combien de temps je suis resté coincé dans ce fauteuil Louis quelque chose, XIII ? XIV ? XVI ? À moitié endormi, le bruit dans l'entrée me réveille. Grand fracas !

« Ouvrez ! Police ! »

Je suppose que le portail ne leur a pas posé trop de problème, finalement.

Gillian entre comme un bolide dans le salon. C'est une vraie pièce de théâtre. Mon père aurait adoré. Elle me prend dans ses bras. Quand Louis-Pierre nous rejoint, Gillian me lâche. J'ai l'impression d'être un imposteur. Je n'ai pas souffert du tout.

– Bon anniversaire, me dit-il. Mais sache que le courage ne consiste pas à être idiot.

– J'ai craqué. J'étais inconscient.

– J'ai assez sacrifié à ces malfaiteurs. Il est hors de question qu'ils t'arrachent à moi ! Toi, je te garde !

Et il se met à sangloter en me prenant dans ses bras pour la première fois.

La bande de policiers, il y en a toute une brigade, passe des menottes au chef, je ne connais pas son nom, ni celui des autres connards qui subissent le même sort que lui.

– Vous n'avez pas le droit. Sous quel prétexte ?

– Enlèvement d'un mineur.

– Il est venu de sa propre volonté.

– Dans votre voiture ! Dans votre palazzo !

– C'est lui qui est entré de force dans la voiture.

– Écoutez ! On tourne autour de vous depuis des années. Votre dossier pourrait remplir cette pièce.

– Je veux appeler mon avocat.

– Vous y aurez droit, mais pour l'instant vous êtes en garde à vue.

Je n'ai rien dit. Une fois dehors, le chauffeur de mon oncle nous a recueillis. Le policier m'a félicité.

– Tu nous as grandement aidés.

On a même récupéré les fleurs, les chocolats et le livre offerts par Gillian. Dans la voiture, mon oncle me dit :

– Ce n'est pas encore fini, tu le sais, n'est-ce pas ? Je crains que nous ne soyons pas beaucoup plus avancés.

Je n'ai pas répondu, moitié honteux, moitié fier de moi. Gillian me prend la main. Je n'ai pas faim, je voudrais juste me coucher.

Mais ce n'est pas au programme.

Plus on est de fous

Quand nous arrivons à la maison, Bernadette est là, c'est normal. Mais sa fille Barbara et son mari sont là aussi ! Et Alexandre ! Et puis Victor, Dahlia et Deborah ! Dans le salon, sur l'un des fauteuils transparents, grand-tante Élisabeth trône comme une reine abandonnée. Je commence à comprendre. Ces dernières heures, j'avais commencé à oublier que c'était mon anniversaire. Je n'ai pas du tout envie d'une fête surprise après ce qu'il vient de se passer.

Mais les efforts anniversairiens déployés par mon oncle sont émouvants, alors j'en fais de mon côté. Je m'efforce de masquer mon exaspération et d'installer une expression de surprise épanouie sur mon visage. Il y a des moments où il faut jouer la comédie, question de diplomatie. Louis-Pierre connaît par les lettres de mon père le menu d'anniversaire de l'année dernière. Bernadette a fait le *meatloaf* et les pommes de terre au four que j'ai mangés sans appétit après l'énorme couscous de midi. On n'a pas parlé des événements effrayants de cette journée, sauf par des échanges de regards entre mon oncle, Gillian et moi.

Après le repas, les cadeaux. Mon oncle m'offre un piano portable électronique pour ma chambre et pour les bals mensuels au lycée. Je n'avais jamais formulé ou imaginé un tel désir mais ça me fait très plaisir. Dans la même veine, Victor a enregistré une heure de musique de danse. Deborah et Dahlia une chemise yéyé « pour danser comme un fou » avec elles. Barbara me tend un tableau que je serai fier d'accrocher sur le mur de ma chambre. Élisabeth me donne une enveloppe avec des billets de train pour Nice en disant « Je préfère le train », et la dernière lettre qu'elle a reçue de mon père. À la vue de son écriture, même sans connaître le contenu, je lutte contre les larmes. Entouré par cette nouvelle famille et ces amis, je me rends compte que j'ai une vie française maintenant.

Dans ma chambre, les coups de fil d'Amérique se succèdent. Je ne relance pas vraiment les discussions car la journée a été longue et, bien malgré moi, mon anniversaire a été dignement célébré cette année encore. Je coupe court même avec Melissa car la lettre que m'a remise Élisabeth m'attend.

Je ne peux pas résister plus longtemps et plonge dans l'écriture de mon père :

Très chère tante Élisabeth, si loin par ma faute,

Ce qui me fait le plus de peine, c'est que ni toi ni Louis-Pierre ne connaissiez mon Alex, et là je pourrais te fournir une liste d'adjectifs, tous plus dithyrambiques les uns que les autres, une escalade de qualités « jusqu'au milieu de l'infini ». Je le cite ! Bon, je ne vais pas te refaire mon truc de papa gaga pour la centième fois.

Il vient d'avoir quinze ans et il est toujours aussi câlin et affectueux, mon doudou préféré. Quel ado magnifique ! Quel homme il sera ! Qu'est-ce que je peux ajouter à tout ce que je t'ai écrit depuis sa naissance ?

J'aurais aimé lui offrir pour son anniversaire une rencontre avec ma famille chérie. Je ne lui en ai jamais parlé. Est-ce qu'un jour ces tribulations, cette damnation, ce supplice va prendre fin pour qu'il se trouve enfin entouré des gens que j'aime le plus au monde ?

En tout cas, voici les dernières photos. Tu peux constater sa beauté extérieure. Il va falloir attendre encore un peu pour t'apercevoir de son superbe intérieur.

Je pense beaucoup et toujours à toi, toujours si proche à mon cœur même loin de mes yeux.

Ton Pierrot

« C'est fait, papa. Je suis avec eux. Mais je me languis de toi. » Je déteste l'expression qui dit qu'on ne peut pas tout avoir.

Le matin, je vois la valise dans l'entrée, signe que mon oncle part de nouveau. Il a dû décaler ce voyage d'un jour pour pouvoir organiser mon anniversaire. On prend le petit déjeuner ensemble. La nouveauté, c'est que nous bavardons *à table*.

– Tu vas encore au lycée comme un condamné à mort ?

– Ça va mieux, mais on ne peut pas dire que j'y aille avec entrain non plus.

– Qu'est-ce qui te manque ?

– Une proximité avec les profs, une étincelle de compassion, un peu de chaleur, un minimum d'intérêt pour nous.

– Comme je te le disais, ça vient de loin, c'est un antique héritage…

– Il est temps que ça change.

– Parle avec tes profs. Ce sont des êtres humains comme toi.

– Tu es sûr ?

Des robots ou des profs ?

Pourquoi je commence par la pire, la prof de maths, qui m'ignore encore plus royalement depuis que j'ai refusé de candidater pour le concours général ?

Je décide d'être direct et de la jouer cool.

– Accepteriez-vous de parler avec moi autour d'une boisson chaude ou froide dans le café de votre choix ?

Interloquée et sans savoir que dire, elle fait oui de la tête et nous convenons d'un rendez-vous après les cours dans deux jours.

Ça ne change rien à la galère de cette journée typiquement ennuyeuse au lycée. À la sortie, je cours au métro, ligne 8, puis 14. Il est temps que je voie la grande bibliothèque. La visite hebdomadaire de notre petite bibliothèque bien fournie à Green Hills me revient : je pouvais choisir six livres et j'avais l'impression que chacun était la clé pour la vie ou la mort tellement le choix me semblait crucial. Que deviendrais-je si je n'aimais pas les livres choisis ? Mon père devait me lire *Max et les Maximonstres* tous les soirs. J'aimais tellement ce livre que je ne voulais pas le rendre. Finalement il me l'a acheté, rien que pour moi, et je répétais toute la journée : « Les Maximonstres roulaient des yeux terribles, ils poussaient de terribles cris, ils faisaient grincer leurs terribles crocs et dressaient vers Max leurs terribles griffes. » Cette année-là, il m'a offert un costume de loup et nous répétions tout le livre par cœur.

Loin de ma petite bibliothèque de Green Hills, la bibliothèque François-Mitterrand est une grandiose usine à culture. Si on m'avait demandé enfant la définition d'une bibliothèque, j'aurais dit une maison pour les livres. Mais en déambulant dans l'immensité de celle-ci, je me souviens du « au milieu de l'infini » que j'avais dit un jour à mon père. On trouve dans cet incroyable lieu non seulement des livres mais aussi des expositions, donc un musée, des conférences (je prends toutes les brochures), des ateliers, une librairie, des cafés... C'est une île de bonheur, une ville dans la ville.

Est-ce que mon père l'a connue ? Et mon oncle ? Je vais essayer de revenir avec lui. Pourquoi le lycée n'organise pas une visite guidée ? Je me demande combien de Parisiens ont frôlé cet espace sans jamais en pousser la porte ? Combien de lycéens ? Victor ? Deborah ? Dahlia ?

Je couvre autant de territoire que possible pour une première fois. Je fais des progrès : la Bibliothèque nationale s'ajoute au métro dans la liste de mes résidences secondaires. Si je devais être enfermé quelque part pour la nuit, ce serait ici. Quand j'étais petit, c'était le musée d'Histoire naturelle avec les dinosaures.

Je reprends la ligne 14 et puis la 8 avec l'impression d'avoir vécu, ce qui n'est pas le cas en sortant du lycée.

Gillian m'appelle.

– Je suis en relation avec les policiers.

– Quoi de neuf ?

– Un bataillon d'avocats a sorti nos amis de leur garde à vue. Il faut décider si on veut porter plainte.

– Pour ça, on va attendre le retour de Louis-Pierre.

– Au moins, on leur a fait un peu peur.

– Tu crois qu'ils connaissent ce mot ?

– On verra s'ils continuent à te harceler…

– J'ai visité la grande bibliothèque.

– Oh, j'avais l'intention de t'y amener.

– Je veux bien y retourner avec toi. C'est un monde.

– Je regarderai la programmation.

Seul à la maison, je mange, je répète mon morceau de piano, je fais quelques devoirs et, pour la première fois depuis que je suis en France, je reprends le visionnage d'une série que j'ai laissé tomber quand mon père m'a laissé tomber.

Je sens que je commence à vivre sans lui, bien que toujours avec lui. J'aimerais tant lui parler en français. Je ne connais pas sa version française. Et j'aimerais faire des maths avec lui.

Les journées passent, bienheureusement identiques, ça veut dire sans drame, sans maladie, sans guerre, sans catastrophe naturelle, du moins pas à Paris. La tour Eiffel veille, le Champ-de-Mars sert de toilettes de luxe pour Brookie, le lycée, coincé et immobile, dévore une immense partie de notre vie éveillée (éveillée, vraiment ?).

Je n'ai aucune idée de ce que je vais pouvoir dire au rendez-vous avec Mlle Chazel tellement elle me glace le sang.

Elle commande une infusion et moi mon ancienne boisson nationale, un cola, pas bien sophistiqué. Mon père n'en achetait jamais, mais j'en buvais avec les copains.

– Pourquoi veux-tu me parler ?

– Pour vous humaniser. Vous m'intimidez, et j'ai eu l'idée que si on se parlait, comme on faisait avec nos profs en Amérique, la vie au lycée s'améliorerait.

– La France n'est pas l'Amérique.

– Mais les gens sont les mêmes.

– Pourquoi as-tu refusé de faire le concours général ?

– Connaissez-vous mon histoire ?

– Non.

Étonnant. Je pensais que les professeurs étaient au courant de nos situations familiales.

– Je suis arrivé en France juste avant la rentrée, sans parler un mot de français.

– Oui, ça je le sais.

– On m'a envoyé ici chez mon oncle quand mon père, qui était mon unique parent, a été tué dans un centre commercial.

– Désolée. Je ne savais pas.

– Il s'avère que mon père a été assassiné par la mafia.

Elle ouvre grand les yeux. Il ne lui était jamais venu à l'esprit que ses élèves pouvaient avoir des histoires humaines (inhumaines), un passé ou même un avenir, des pensées profondes ou superficielles, des espérances, des idées pédagogiques, des désirs de relations plus sincères avec leurs profs. Si elle me dit encore une fois qu'elle est désolée, je m'en vais.

– On aurait dû me mettre au courant de ton histoire. Tu as raison, on devrait mieux connaître nos élèves.

– Est-ce que je peux oser tenter de mieux connaître mes professeurs ? À commencer par vous par exemple.

– Il n'y a pas grand-chose à dire. Je suis née à Paris et je n'ai jamais quitté cette ville. J'étais bonne élève, j'ai passé les concours, intégré une grande école, avec ce rêve d'enfance de devenir enseignante.

– Sans regrets ?

– Si, j'ai des regrets. C'est un travail énorme, mal payé, sans reconnaissance, dans de mauvaises conditions, les classes explosent et la différence entre vingt élèves par classe et trente-quatre est douloureuse. On ne parle que de nos longues vacances, jamais de nos préparations sans fin et des copies, également sans fin, à corriger. Je ne suis pas mariée et je passe mon temps à bosser pour mes cours. Désormais, je vois l'enseignement comme un esclavage.

Cette fois, c'est moi qui suis étonné. Je n'ai jamais pensé aux problèmes des profs. Pour moi, ils se sentaient tout-puissants et supérieurs.

– Vous êtes encore jeune.

– Le temps passe si vite. Alors pourquoi en fin de compte as-tu refusé de passer ce concours ?

– Mon père était une sorte de génie en maths. Il a été recruté à travers le subterfuge d'une femme fatale et, sans le savoir, il a travaillé pour la mafia. Au départ ils l'ont invité à jouer aux cartes. Grâce à ses observations, il a créé un algorithme qui lui permettait de gagner à chaque fois. Quand il s'est mis à les soupçonner de violence et de tricherie, il a voulu se séparer de ces gens. Mais c'était impossible. Sa famille l'a aidé à fuir aux États-Unis, ignorant que l'on ne pouvait pas leur échapper du tout.

– Qu'est-ce qu'il a fait en maths après ?

– Il a abandonné. Il ne m'a jamais parlé des maths, de la France ou de son passé. Il s'est consacré à la musique et à moi après la mort précoce de ma mère, assassinée elle aussi.

– Ne serait-ce pas une manière d'honorer sa mémoire que d'exploiter tes talents en maths ?

– Depuis mon arrivée ici, je suis suivi aussi par ces mafieux. Il ne faut pas qu'ils sachent que moi aussi je pourrais être matheux. C'est pour cette raison que j'ai refusé votre proposition. Je tiens à ma vie plus qu'aux honneurs.

– Qui aurait pu imaginer une telle raison ? Je pensais que c'était juste contre moi. Je sais que les élèves ne me portent pas dans leur cœur. Mais ce n'est pas le but de l'enseignement.

– Et pourquoi pas ? Quand on aime le prof, on aime sa matière.

– On n'est pas là pour séduire.

– Vous aimez votre matière ?

– Oui, bien sûr, c'est pour cela que je suis là.

– Qu'est-ce que vous aimez dans les maths ?

– Les maths sont sans ambiguïté, il faut avoir la preuve, chaque problème est un nouveau défi, les applications dans la vie réelle sont sans fin, ça encourage le raisonnement, la pensée critique et créative, l'abstraction.

Première nouvelle ! Et si elle avait eu l'idée de commencer son cours comme ça pour nous motiver ? Dire pourquoi elle aime les maths, pourquoi c'est important dans nos vies, pourquoi ce n'est pas seulement un outil de sélection. Pourquoi on n'apprend pas aux profs à expliquer les raisons pour lesquelles ils aiment la matière qu'ils enseignent ? À la « vendre » aux élèves. Elle ajoute :

– Et j'aime les mathématiciens.

– Qui ?

– Pythagore, Archimède, Euclide, Newton, Fermat…

– Y a-t-il une femme ?

– Hypatia.

– Évariste Galois ?

– Tu connais ?

– J'ai lu un roman sur lui.

– Oui, sa vie est un roman. Pascal, Descartes…

– Alan Turing ?

– Tu connais ?

– J'ai vu un film. D'ailleurs, ce serait extra de nous parler des hommes et des femmes passionnants derrière les chiffres froids.

– J'ai un programme. Je n'ai pas le temps.

– Qu'est-ce qui est le plus important ? Nous enthousiasmer ou nous assommer ?

– Je vous assomme ?

– Oui.

– J'apprécie ta franchise.

Elle s'est levée brusquement en marmonnant qu'il fallait qu'elle parte. Je me demande si elle est sur le point de pleurer.

J'ai payé nos boissons.

J'avais peur de la revoir le lendemain.

Cinémathèque et discothèque

Elle n'a pas mis longtemps à réagir car, dès le lendemain, nous arrivons dans une classe de maths baignée dans l'obscurité. On cherche nos places à tâtons, surpris.

Mlle Chazel annonce qu'elle va nous projeter un film sur le mathématicien Alan Turing, qui s'étalera sur nos deux heures de cours et avalera notre récréation.

– Le titre, *Imitation Game*, en anglais sous-titré, film sorti en 2014, provient d'un article qui exposait sa méthode pour différencier les machines de l'être humain, et ainsi obtenir des résultats liés à l'intelligence artificielle. Né en 1912, Alan Turing a anticipé la programmation des premiers ordinateurs avec sa « machine de Turing ». Il a contribué à décrypter les codes secrets de l'armée allemande pendant la Seconde Guerre mondiale, comme vous le verrez dans le film. En récompense de son héroïsme, il a été condamné en 1952 pour homosexualité. Il choisit, plutôt que la prison, de subir un « traitement » lourd suivi pendant un an d'effets secondaires dévastateurs. Le 8 juin 1954, il est retrouvé mort dans son lit avec une pomme partiellement croquée sur sa table de chevet. Il s'est empoisonné au cyanure. Il est possible que cette pomme croquée soit à l'origine du logo des ordinateurs Apple.

On aurait pu entendre une mouche voler. Je me rappelle la colère de mon père quand on a vu ce film. Quel sort cruel pour quelqu'un qui a sauvé son pays ! L'histoire prend son temps pour faire évoluer les mentalités.

– Qu'est-ce qui lui prend ? me demande Victor en sortant. C'est le meilleur « cours » de maths de ma vie !

– Une prise de conscience peut-être. Une conversation ? La lecture d'un article ? Qui sait ?

Moi je le sais ! Mais je ne dis rien.

– En plus, pour une fois, elle s'est bien habillée, coiffée et même maquillée.

– Je n'ai pas remarqué. Comment as-tu pu voir ça dans le noir ?

– Je ne l'ai pas reconnue ! Alors je l'ai observée de plus près. Elle n'est pas mal !

Et, comme si ce n'était pas assez de nouveautés pour une journée, nous ne sommes pas le dernier vendredi du mois mais nous avons pu organiser notre « discothèque » en plein air après la cantine pour fêter ce dernier jour avant les vacances. Il fait beau, les conditions sont parfaites. Magique ! Victor enfonce sa clef USB dans son ordinateur, avec une enceinte pour augmenter le son, et abracadabra, tout le monde danse ! Un jardin de sourires sur des corps qui gigotent. Les élèves s'oublient. Même Dahlia ! Est-ce que c'est ça le bonheur ? S'oublier ? Oublier qu'on a un corps, des devoirs, des parents divorcés, des parents morts... Oublier un temps le vieillissement de ses grands-parents adorés, les problèmes, les manques, la fatigue, le changement climatique, les guerres dans le monde, les conflits sociaux, les soucis économiques, le chômage, la faim, l'abus de mineurs, la violence contre les femmes, les épidémies, la maladie, la perte de la biodiversité, les catastrophes naturelles, la détresse des réfugiés, la sécheresse, le crime, la violation des droits humains, la pauvreté, les armes nucléaires, la mortalité...

Je pourrais continuer la liste mais la félicité momentanée qui m'envahit surmonte le malheur du monde. Pour quelques minutes encore, je suis un lycéen (français) heureux, même si le principal a les yeux braqués sur mes déhanchements.

Le bonheur se fane comme une fleur flétrie pendant le cours d'histoire. Le professeur est avachi, fripé, livide. À lui aussi, je demande un entretien. Que j'obtiens après les vacances de printemps.

En sortant, certains « camarades » de classe se présentent. Il aura fallu huit mois pour entrer en contact. « La patience est la plus grande des prières », dit Bouddha. « Qu'ils sont pauvres, ceux qui n'ont pas de patience ! » dit William Shakespeare. « Avec du temps et de la patience, on vient à bout de tout », dit un proverbe français. Vrai ou faux ?

Une fille, grande avec des cheveux noir corbeau, tellement belle qu'elle me paralyse, m'aborde :

– Je suis Héloïse. Veux-tu boire un coup avec moi ? J'habite juste en face.

Comment ai-je fait pour ne pas la remarquer, c'est un top-modèle qui a en plus un sourire qui me fait fondre. Il aurait fallu que je sois aveugle mais je n'ai pas fait attention ! Et puis d'un coup, je ne vois qu'elle ! Méfie-toi, me dit une voix dans ma tête en pensant à mon père, qui est tombé à cause d'une tombeuse. Mais c'est le dernier jour avant les vacances et il fait beau, je n'ai pas envie de souterrain, ni de bibliothèque, ni de ma maison vide. Je la suis à quelques rues de là jusqu'à la loge où elle habite avec sa grand-mère, gardienne, occupée à laver l'escalier. C'est la première « pauvre » que je rencontre dans le quartier. Elle se met à presser de vraies oranges pour moi. Je suis tout gêné. Je ne sais pas quoi dire tellement je suis obnubilé par ses longs cheveux soyeux que j'aimerais peigner avec mes doigts. À mon avis avisé, elle ne peut pas faire partie de la mafia. Je laisse tomber mes soupçons… pour me laisser tomber amoureux.

– C'est petit chez nous, dit-elle en s'excusant.

Elle me montre la chambrette qu'elle partage avec sa grand-mère et l'établi où elle fait ses devoirs.

– Tu as grandi ici ?

– Depuis la mort de mes parents.

– Comment sont-ils morts ?

– Mon père d'un accident du travail et ma mère d'un cancer pancréatique peu après. Ma grand-mère est tout de suite venue à mon secours.

– Je suis sans mots.

– Nous vivons heureuses ensemble.

– Pourquoi tu as mis si longtemps pour me parler ?

– Je n'ai pas de temps pour me faire des amis, j'aide ma grand-mère avec l'entretien de l'immeuble et je fais quelques ménages chez des résidents. Mais aujourd'hui j'ai adoré danser et on m'a dit que c'était grâce à toi.

– Je suis orphelin aussi.

– Je ne le savais pas, j'ai tendance à penser que je suis la seule orpheline au monde.

– Moi aussi !

– Qu'est-il arrivé à tes parents ?

– Tués par balle. En Amérique.

– Et comment vas-tu ?

– Ça fait huit mois et je commence à pouvoir respirer à nouveau. Et toi ?

– Huit ans. Il y a un trou dans mon cœur, mais j'ai ma grand-mère.

– Et le lycée ?

– Tout va bien à part les maths.

– Je pourrais t'aider. Tu as qui ?

– Mademoiselle Chazel.

– N'hésite pas.

Je serais resté avec elle jusqu'à la fin de ma vie, nos vies sont presque jumelles, sauf qu'elle doit travailler. C'est la première jeune que je rencontre qui gagne sa vie.

En route vers chez moi, je reçois un SMS. Melissa est à Paris avec ses parents et me demande de les rejoindre pour dîner à leur hôtel. Lutetia, 45 boulevard Raspail. Je connais, c'est la ligne 12. Je suis passé devant un jour avec Victor qui m'a dit que c'était le quartier général des occupants SS pendant la Seconde Guerre mondiale. En 1944, sur les ordres du général de Gaulle le Lutetia s'est transformé en centre d'accueil pour les déportés et les familles qui cherchaient leurs proches.

Hier ou avant-hier, j'aurais été aux anges à l'idée de voir Melissa. Je savais qu'elle venait à Paris et j'avais hâte de la revoir. Mais aujourd'hui je préfère rester dans ma tête avec Héloïse. Je suis KO après ce coup de foudre, comme vidé de tout mon contenu qui est remplacé par cette personne qui m'a frappé fort.

C'est le premier jour où je ne dis pas une seule fois : « Galère ! »

Je me change et hop ! je donne le nom de Melissa à la réception de cet hôtel de luxe. En l'attendant, je pense à la torture qui a eu lieu ici, j'entends les bottes des SS sur le sol et les cris des victimes.

Et puis Melissa est là.

Dans le train

Naturellement, les billets que grand-tante Élisabeth m'a offerts pour Nice sont des billets de première classe. J'ai honte d'être un jeune riche. J'ai honte d'inviter Héloïse chez moi, j'ai peur qu'elle pense que je frime. Alors, je lui ai donné sa première leçon de maths dans son nid minuscule. Histoire de la lancer pour qu'elle ait de quoi faire pendant mon absence. Elle a mon numéro si elle a besoin d'aide à distance. Elle a un téléphone portable et elle économise pour se payer un ordinateur. Je pense à elle tout le temps. Deborah et Dahlia sont de bonnes copines mais je n'ai jamais ressenti un truc comme ça. Victor m'a avoué son béguin pour Deborah. Et c'est réciproque !

J'aime tout de suite ma place isolée dans le train. Je suis entouré de vieux qui ne font pas de bruit et qui me regardent de travers quand mon téléphone sonne. Je sors pour répondre dans l'espace entre deux wagons.

C'est Gillian qui me souhaite de bonnes vacances. « Veinard ! » C'est la première fois que je pense effectivement que j'ai de la chance sans m'apitoyer sur mon sort comme d'habitude.

En mangeant le pique-nique gastronomique préparé par Bernadette, je pense à ma rencontre avec Melissa.

Elle est arrivée à la réception par-derrière, a mis ses mains sur mes yeux et a crié : « Surprise ! » Je déteste qu'on me fasse ça mais j'ai fait bonne figure.

Elle voulait absolument me conduire dans sa chambre : « On y voit la tour Eiffel ! » L'emblème de Paris pour les touristes. Cette tour me saoule ! Éparpillé sur son lit *king size*, une montagne de sacs des magasins chics et hors de prix. Elle a insisté pour me montrer tout ce qu'elle avait acheté, y compris des culottes et des soutifs. Était-elle différente de la fille que j'avais connue ou était-ce moi qui étais différent, qui avais changé d'yeux et de mentalité ? Je ne supportais pas sa voix nasillarde, son attitude montrant que tout lui était dû, sa conviction d'être supérieure. Elle me semblait superficielle, vaine, futile.

Je lui ai proposé de sortir dans le quartier avant le dîner avec ses parents. Je lui ai raconté l'histoire de l'hôtel qui me hante. Elle avait l'air de ne pas m'écouter, tellement elle bouillonnait d'excitation à l'idée d'être à Paris… avec moi.

La seule chose qui l'intéressait, c'étaient les vitrines : fringues, bijoux, chaussures. Elle m'a mis au courant de tous les potins de mon ancien lycée. Ses mots me percutaient comme de petits cailloux qui me heurtaient sans pénétrer jusqu'à ma conscience.

Pareil au dîner avec ses parents. Tout le monde caquetait. Je n'avais qu'une seule envie : reprendre le métro pour rentrer chez moi. J'aurais encore préféré les repas en silence du début avec Louis-Pierre.

Ils m'ont proposé de les accompagner dans leur programme de trois musées, deux restaurants, quinze boutiques, six monuments par jour. Je n'ai pas l'habitude de mentir, n'empêche que je leur ai dit que je partais à Nice. Pas tout à fait un mensonge. Je n'ai pas dit quand !

Je ne sais pas quoi dire à Brad. Mon Brad. Il va venir cet été. Est-ce que ça va être pareil ? Mais Brad est mon frère. Melissa était une passade.

Le temps file vite dans le train, d'abord, je parcours Internet pour chasser les trésors de Nice. À partir de Marseille, j'admire le paysage.

À la gare de Nice, un homme tient un panneau avec mon nom. C'est curieux car ma grand-tante m'a dit qu'elle venait me chercher. Le chauffeur m'explique que nous allons faire un saut pour la voir à l'hôpital avant de rentrer. Face à mon expression interrogative, il répond : « Elle a eu une déconvenue. » Je n'en demande pas plus.

Il me laisse devant l'hôpital avec la promesse de revenir dans une heure. Il me donne le numéro de chambre.

De toute ma vie, je ne suis allé qu'une seule fois à l'hôpital, aux urgences, avec un copain qui était tombé.

Les soignants ne voulaient pas intervenir sans ses parents, son assurance, sa carte bleue. Il aurait pu se vider de son sang, on ne l'aurait pas soigné sans la carte de crédit. Le peu que j'ai vu dans cet hôpital américain était ultra moderne. Mes parents n'ont pas traîné de longues maladies et m'ont épargné des visites dramatiques à leurs côtés. J'aurais préféré un au revoir interminable.

Ici, les couloirs, le mobilier, les chambres sont plutôt vieillots. Je suis entré sur la pointe des pieds, terriblement intimidé par le lieu et les perfusions. Grand-tante Élisabeth est la première personne de sa génération que je connaisse. J'ai une liste de bons restaurants, de concerts, de jardins à visiter avec elle.

– Je ne voulais pas te recevoir de cette façon.

– Qu'est-ce qui t'arrive ?

– J'ai fait quelques examens il y a une semaine et ils m'ont convoquée aujourd'hui pour démarrer le traitement.

– Pour quoi ?

– Un petit cancer.

Je ne peux pas cacher mon horreur. Est-ce qu'on peut qualifier ou quantifier un cancer comme petit ? Je pense à la mère d'Héloïse qui est morte en peu de temps.

– Ne t'inquiète pas. Un cancer n'est pas une condamnation à mort comme ça l'était dans le temps. Ils me donnent de bonnes chances de m'en sortir.

– Quel cancer ?

– Du sein.

– On va t'opérer ?

– Éventuellement. D'abord on verra les résultats du traitement. Ils vont me garder quelques jours pour faire des analyses supplémentaires. Je suis navrée de t'accueillir comme ça. Je me faisais une joie de passer la semaine avec toi.

– Mais on va passer la semaine ensemble ! Ce que je voulais surtout, c'est faire connaissance. C'est une occasion parfaite, sans distraction.

– Tu es comme ton père, positif.

– Louis-Pierre est-il au courant ?

– Oui, nous avons un pacte. On se dit tout. Il va venir directement ici en rentrant de Singapour.

– Je reviendrai demain après-midi. S'il y a quelque chose qui te ferait plaisir, n'hésite pas.

– Mon album de photos, un bon goûter. J'ai la chance d'être dans cet excellent centre contre le cancer, mais ils n'ont pas encore découvert la gastronomie.

– Compte sur moi. Mon heure est écoulée, je dois retrouver ton chauffeur...

– Albert.

– Il ne peut pas stationner devant l'hôpital. À demain et dors bien.

À part mon inquiétude pour ce tout nouveau membre de ma famille, ce sont quand même des vacances exquises car jouer du piano avec vue sur la mer est autre chose que de jouer devant un mur. Le menu établi par Élisabeth mérite trois étoiles. J'en mets de côté pour elle. Lucette, la cuisinière, me promet des friandises pour sa patronne le lendemain.

Quand j'arrive, Élisabeth est avec un médecin. Bon signe. Ils sont souriants. Le personnel est attentif et bienveillant. Je suppose que ce sont les plus dévoués qui choisissent un hôpital anti-cancer.

Notre conversation ne tarit pas pendant trois heures. Mon père ne peut plus me raconter l'histoire de la famille. Tante Élisabeth le remplace et déroule toute leur histoire. On me l'a envoyée comme un ange messager. Elle me parle de sa sœur, ma grand-mère disparue avant que je puisse la connaître.

– Elle m'a délégué, à distance, à moi, la vieille fille, la mission de veiller sur ses jumeaux. Elle était trop occupée à bâtir sa fortune dont nous bénéficions tous aujourd'hui encore. C'est elle qui a amassé les propriétés et leur contenu. Je sais que Louis-Pierre a pratiquement vidé la maison de Paris après le départ de ton père. C'était sa façon de faire son deuil.

– Comment as-tu « veillé » sur eux ?

– Mal ! Je m'en veux de ce qui est arrivé à Pierre-Louis. J'étais dans la boucle. Je ne me suis pas alarmée à temps quand il est tombé dans les filets de ces voyous à seize ans ! Le piège implacable de l'amour. J'étais le témoin impuissant des arrangements de Loulou en sa faveur. Je ne suis pas intervenue. Bien évidemment, ils avaient des gouvernantes et du personnel pour leurs besoins matériels, mais j'étais censée, de loin, veiller sur leurs besoins psychologiques.

– Qu'est-ce que tu aurais pu faire ?

– L'arracher à ces affreux et à cette fille, quitte à lui faire finir le lycée à Nice.

– Moi aussi, je viens de tomber amoureux !

– Quelle horreur !

– L'amour est une horreur ?

– Dévastatrice !

– C'est ce qui t'est arrivé ?

– À chaque fois !

– Combien de fois ?

– Cinq ou six.

– Que s'est-il passé ?

– Des chasseurs de fortune.

– Tous ?

– Tous sauf un qui était aussi riche que moi. Mais il avait d'autres tares.

Elle se met à chanter une chanson qui m'est familière car mon père la chantait :

« Le temps d'apprendre à vivre il est déjà trop tard
Que pleurent dans la nuit nos cœurs à l'unisson
Ce qu'il faut de malheur pour la moindre chanson
Ce qu'il faut de regrets pour payer un frisson
Ce qu'il faut de sanglots pour un air de guitare
Il n'y a pas d'amour heureux. »

– Je suis sûr qu'Héloïse n'est pas avide d'argent ou de richesse.

– Il se fait que tu es riche, mon Alex. Comme l'était ton père. Ce qui lui a permis de t'élever sans soucis financiers.

– Oui, quinze ans de bonheur et d'amour. De l'argent bien dépensé.

– Parle-moi de cette femme.

– Femme ? Elle a mon âge, elle est dans mon lycée en seconde.

– Elle vient d'où ?

– Paris. Elle habite à quelques rues du lycée avec sa grand-mère car elle est orpheline aussi.

– C'est ça qui t'attire ?

– Peut-être, un peu, ça me touche. Elle me comprend. Je ne sais pas ce que les autres pensent. Ils voient en moi un garçon performant et ils n'ont aucune idée du vide qui m'habite. Mon père occupait entièrement mon cœur.

– Et il continue de vivre en toi. Mais tu vois que d'autres commencent à s'infiltrer.

– C'est tellement frustrant avec mon oncle, physiquement identique à mon père et intouchable.

– Tu l'as pourtant touché. Il évolue.

– Oui, il me parle de plus en plus. Il m'a pris dans ses bras une fois. On prépare un concert ensemble. J'espère que tu viendras à Paris pour cette première mondiale de la musique de Pierre-Louis Charles.

– Je viendrai même s'il faut m'y conduire en ambulance et que j'y assiste sur un brancard.

– Tu seras notre invitée d'honneur debout, assise ou couchée.

Cœur à cœur

Je sais que je ne pourrais pas passer de meilleures vacances que de parler sans interruption avec grand-tante Élisabeth, à part le souci que je me fais pour sa survie.

– Je crains de porter la poisse, je lui dis le lendemain. Les gens que j'aime meurent.

– Je ne serais pas morte jeune. Même si j'aimerais vraiment vivre et si je faisais tout mon possible pour t'accompagner longtemps, on sait bien que l'on vit et puis que l'on meurt. Ce n'est pas toi qui portes la poisse. C'est la règle du jeu.

– Mais je suis hors compétition là ! Ma mère, mon père… et toi qui tombes malade au moment où je débarque dans ta vie !

– Pour le cancer, on parle parfois d'un choc émotionnel. Et oui, la mort de ton père en a été un. Mais toi, tu n'es que bonheur pour moi. Je me revois jeune avec mes deux neveux. Je voulais venir immédiatement à ton arrivée à Paris.

J'ai peut-être eu tort de respecter le « un pas à la fois » de Louis-Pierre. Mais finalement ce n'est pas si mal, tu as eu le temps de t'habituer à la France, à ta condition…

– C'était une véritable traversée du désert, une épreuve de chaque instant, une vraie galère…

– Et maintenant ?

– À part l'inquiétude que je ressens pour toi et une angoisse chaque fois que mon oncle est dans un avion, je vais bien. On m'a « déporté » dans un pays que je détestais au départ.

– Je ne le savais pas.

– Je te l'aurais dit si j'avais su que tu existais. Petit à petit, je me suis même mis à admirer le style de vie à la française, à part le lycée. Rien que cet hôpital et l'humanité des soignants qui t'entourent font que je commence à bien aimer la France. Je me sens presque français.

– Tu n'as pas une trace d'accent et ton français est impeccable. Tu es un vrai surdoué.

– J'ai de la chance que mon oncle ait recruté Gillian. Elle a fait des miracles.

– C'est toi, ton travail et ta volonté qui ont fait des miracles.

– As-tu les résultats de tes analyses ?

– Ils n'ont pas l'air inquiets pour moi.

– Moi si.

– Ça fait partie du lot, l'amour vient avec les soucis pour l'autre. Quand ton père est parti en Amérique, il n'y a pas une seconde pendant laquelle il ne vivait pas dans ma tête.

Et quand tu es né, tu as rejoint l'équipe qui vit dans mon cœur. L'amour, ce n'est pas que tra-la-la et la-di-da. C'est aussi aïe aïe aïe ouille !

– J'ai parlé avec Héloïse hier soir. De maths.

– Ton père aussi donnait des leçons de maths à cette femme qui a contribué à sa chute.

– J'espère que tu la rencontreras. Elle n'est pas dangereuse.

– Et sa grand-mère ?

– Elle est la concierge de l'immeuble.

– Elles vivent où ?

– Dans la loge au rez-de-chaussée.

Je vois que ma grand-tante ravale les mots que sa classe et son expérience de vie veulent lui dicter. C'est clair qu'elle n'approuve pas. Elle doit se dire : il a seize ans, ça va lui passer. Et je me retiens de lui dire que je suis certain, sans l'ombre d'un doute, et que c'est incontestable, que cette fille et moi, c'est pour toujours. On suivra le chemin des gestes tendres, des bisous sur les joues et des câlins le moment venu. Pour l'instant, je me contente de sa voix au téléphone et de son image imprimée dans mon cerveau. Et je laisse Élisabeth à ses illusions, si ça la rassure.

Elle aussi, je l'aime, je l'ai tout de suite aimée. Une évidence pour mon cœur. Je reviendrai la voir avec Brad cet été.

Et qui sait ? Peut-être avec Héloïse…

Mon oncle arrive en trombe dans la chambre juste avant la fin des heures de visite. Il l'embrasse et lui offre un énorme bouquet et le livre qu'il a lu dans l'avion : *La Définition du bonheur*.

– En vous regardant, dit Élisabeth, j'en connais déjà la définition !

– Je te fais confiance pour guérir.

– Tu peux. Je sors demain.

– On reviendra pour faire ta sortie.

– Nous ferons la fête !

Louis-Pierre est visiblement fatigué. À ma question, il répond que tout s'est bien passé. Je ne sais pas ce qu'il a fait ou ce qui s'est passé, mais à l'évidence il est perturbé par la maladie de sa tante. Il s'en va tôt pour rattraper un peu de sommeil.

On commence la journée en jouant du piano pour mettre sur pied un concert de bienvenue pour Élisabeth. Je lui prépare un *meatloaf* avec mes fameuses pommes de terre au four. J'ai découvert les pommes de terre de Noirmoutier qui remplacent bien celles de l'Idaho.

Louis-Pierre repart en fin d'après-midi. Moi, je profite encore de quelques jours. Il fait tellement beau et chaud que je fais mon baptême de mer en Méditerranée. Élisabeth me donne rendez-vous au restaurant de l'hôtel Amour sur la plage.

À seize ans, il me reste encore une multitude de premières fois à expérimenter, et manger dans un restaurant sur la plage en est une.

– Mon père connaissait ça ?

– Bien sûr. Il plongeait dans la mer après chaque plat. J'avais peur d'une hydrocution mais il n'en a jamais eu.

– Je ne vais pas te faire la même peur.

– Tu n'as pas intérêt. Il faut me ménager. Et Héloïse, des nouvelles ?

– S'il faut te ménager, je ne vais pas t'en parler. Tu as bien choisi le nom du restaurant.

– Amour ! On en fait tout un plat.

– Y a-t-il un meilleur plat ?

– Sans doute pas, cet élan vers l'autre est un élan vers le monde, la vie, l'humanité.

– Je l'ai senti très fort avec mon père. Depuis sa mort, cet envol, cet essor, cet empressement est au garage, en panne. Je me suis fait quelques amis que j'aime comme Victor, Deborah et Dahlia. Je suis bien avec eux mais pas d'élancement, pas l'accélération des battements du cœur, pas de cellules qui bouillonnent et débordent.

– Héloïse a provoqué tout ça ?

– J'ai constamment envie de lui parler, de comparer notre expérience, de la voir. Je lui parle dans ma tête. Je la touche même aussi dans ma tête.

– Tu es encore jeune.

– Est-ce qu'il y a un âge pour aimer ?

– Si ton esprit est occupé, tu vas moins bien travailler.

– Ou mieux, peut-être.

– Tu as une photo d'elle ?

– Pas encore.

Je lui promets de la tenir au courant. Elle demande à Albert de nous concocter tout un circuit de lieux mythiques : Saint-Jean-Cap-Ferrat, Èze, Cap d'Ail, Monaco, Menton. Ce n'est pas étonnant que le monde entier se rue vers la Côte d'Azur. Elle voudrait me montrer aussi la côte italienne, San Remo, Imperia, Alassio, mais on va garder tout ça pour mon retour avec Brad.

Je suis si content de me lever, de prendre le petit déjeuner face à la mer avec elle, que le départ pour Paris est une épreuve accablante.

J'ai l'intention de lui téléphoner tous les jours. Ça aussi, c'est l'amour : le désir d'être toujours en contact, l'envie de partager chaque pensée et chaque pas, de vouloir le bonheur de l'autre.

Jacques Prévert a dit : « J'ai reconnu mon bonheur au bruit qu'il a fait en partant. »

Traquer le train-train

Gillian a réuni tout un dossier sur la mafia. Elle suit le procès du tueur. C'est une chose que je n'ai pas racontée à Élisabeth, à qui j'ai presque tout dit. La voiture noire ne me suit plus. Gillian pense qu'ils se calment, qu'ils perdent leur pouvoir et qu'ils vont m'oublier.

Je suis plutôt d'accord avec elle. Ils préfèrent sûrement, comme tout le monde, regarder des films et des séries sur la mafia plutôt que de se promener en tuant des gens. Pandémie de paresse, dans ce cas, si c'est vrai, c'est une amélioration. On dirait que la plupart des gens aiment davantage regarder la vie que de la vivre.

Maintenant que je vois moins Gillian, mon oncle l'a engagée dans son entreprise pour faire des traductions et pour l'aider avec son instinct et son bon sens. On continue à aller au restaurant ensemble une fois par semaine. Nous voilà aujourd'hui rue des Rosiers en train de manger du houmous et des salades.

– J'appréhende de montrer ma maison à Héloïse.

– Ça aussi, c'est qui tu es. Elle ne va pas moins t'apprécier parce que tu es pourri gâté.

– Comme je l'aime aussi alors qu'elle ne l'est pas…

Tous les jours, je l'aide en maths dans cette loge qui me semble à l'abri de tous les malheurs.

Au lycée, ce n'est pas un secret que nous sommes une espèce de couple. On ne marche pas main dans la main, mais côte à côte, tout le temps. On est à égalité dans notre timidité à faire le premier pas. Parfois, dans l'excitation d'une explication d'un problème de maths, je pousse ma cuisse par fausse inadvertance contre la sienne. On se fait la bise pour se dire bonjour et au revoir, mais nos joues s'effleurent à peine. Je suis sûr que j'aurais pu aborder la discussion sur le sexe avec mon père mais certainement pas avec mon oncle. J'ai essayé avec Victor qui m'a avoué qu'il n'avait pas d'expérience en la matière. J'arrive à parler de tout avec Gillian qui me dit qu'on ne peut pas forcer les choses, que cela viendra. Elle m'encourage à inviter Héloïse chez moi. Ce que je fais pour un brunch un samedi de mai avec Louis-Pierre et Alexandre.

Héloïse est tellement interloquée, estomaquée, abasourdie par mes conditions de vie qu'elle ne prononce pas un mot. Elle se lève pour débarrasser la table, comme programmée. Mon oncle lui dit de rester assise. « Tu es notre invitée. Voulez-vous maintenant être nos cobayes pour le programme de notre concert au conservatoire ? C'est la répétition générale. » Il a placé deux fauteuils dans la salle du piano.

Nous sommes impressionnants, et impressionnés. La musique de mon père est jouée par ses deux endeuillés en chef. Il nous écoute sûrement, il voit nos larmes, il vit en nous. Nos deux auditeurs sont respectueux comme dans une cathédrale. Je me demande si Héloïse pratique une religion. La mienne, c'est la musique.

Elle part avec un timide merci parce qu'il faut qu'elle aide sa grand-mère avec le nettoyage des derniers étages de leur immeuble. Elle court, comme si elle fuyait un cauchemar. J'appelle Gillian pour lui dire que pour une fois, elle s'est trompée. « Tu ne peux pas cacher éternellement qui tu es », me dit-elle. Je parle aussi avec Élisabeth pour lui confirmer qu'Héloïse n'est pas une chasseuse de fortune, au contraire, ça semble la révolter. Je lui décris sa réaction, son malaise, son dégoût apparent.

Alexandre et mon oncle ont la délicatesse de ne pas commenter la « prestation » de la femme de mes rêves. Mon oncle m'informe simplement qu'il change tout son matériel informatique et qu'il a un ordinateur à donner, peut-être encore plus récent que le mien. Je sais à qui il est destiné.

Depuis que Héloïse a surgi dans ma vie, j'ai hâte d'aller au lycée. Nous avons les mêmes profs mais à des heures différentes. Toute la journée passe sans que je la voie. « Un seul être vous manque et tout est dépeuplé. »

J'ai rendez-vous avec le professeur d'histoire au même café que la prof de maths. Je lui ai dit à peu près la même chose : qu'il faut injecter un peu de FUN, de divertissement, de joie, et pourquoi pas d'amour dans ses cours.

– De joie ? Dans la brutalité du XXe siècle ?

– Pas forcément de la joie mais des documentaires qui nous rendent vos cours plus accessibles.

– Vous pouvez regarder tout ce que vous voulez en dehors des cours.

Je lui pose les mêmes questions qu'à Mlle Chazel : pour quoi aime-t-il sa matière ? Qui sont les historiens qu'il admire ? Quels sont les livres d'histoire qui peuvent nous motiver davantage que les manuels scolaires ? Et lui me déclare :

– On n'est pas en Amérique, ici.

Bon, encore un mois et, l'année prochaine, espérons-le, quelques changements. Je dresse une liste de questions que je distribue à mes camarades de classe et on passe l'heure à les poser. Il me fixe avec hostilité, mais je sens qu'il est content d'avoir vécu, une fois dans sa vie, une heure animée.

Pour les autres, je laisse tomber.

Je rentre à la maison abattu et sombre ce jour-là. Une personne me manque et le monde est dépeuplé.

Sur la table de la cuisine, je trouve une lettre pour moi. Je reconnais l'écriture d'Héloïse :

Alex, merci pour les leçons de maths, j'ai eu une bonne note pour la première fois cette année !

Tu comprends que nos situations sociales et économiques sont tellement opposées que j'ai du mal à l'assimiler. Je n'avais pas imaginé que tu pouvais être aussi riche. Je pensais que tu étais un pauvre orphelin comme moi. J'ai été élevée dans une famille communiste qui croyait que la richesse devait être partagée, à vrai dire, on détestait les riches. C'est pour cela que je n'ai pas d'amis dans ce lycée.

Tu vois, je ne pourrais pas être l'amie de quelqu'un d'extrême droite (ou même du centre). La visite dans ta maison m'a mise tellement mal à l'aise qu'il faut que je prenne un peu de distance.

Je suis triste mais c'est ainsi.

Héloïse

Je suis à moitié furieux et à moitié consterné, et puis plein d'autres moitiés : déchiré, défait, anéanti, assombri, atterré, inconsolable. Le monde est maussade et morne.

Je descends dans le métro et je fais un micro-trottoir pour demander à chacun s'il est riche. Un homme avec une redingote noire, une barbe et un chapeau me répond :

– Qui est riche ? Celui qui est content avec ce qu'il a.

Les gens autour de moi répondent :

– Riches ? Mais tu dérailles ? On ne serait pas sous terre à l'heure de pointe si on était riches.

– On est plus riches ici en bas que ceux dans leurs grandes voitures dans les bouchons en haut.

– Les riches restent riches et les pauvres restent pauvres. Vive l'égalité !

– On est tous riches ! On vit en France !

– Vous plaisantez ?

– Non, as-tu faim ? As-tu froid ? Es-tu malade ? Vas-tu à l'école ?

Craignant l'émeute, je change de ligne.

Je sais ce qu'il me reste à faire.

Concert en larmes mineur

OK, je l'ai fait. D'abord j'ai tout raconté à Brad.

– Elle ne veut pas de toi, alors laisse tomber.

– Sans me battre ?

– Il y a d'autres poissons dans la mer !

– Elle est le seul comestible.

– *So go for it !*

J'ai emballé l'ordinateur après l'avoir nettoyé de son contenu. Je lui ai créé une adresse électronique dont le premier message est :

Chère Héloïse,

Tu n'aurais pas l'idée de rejeter un Noir parce qu'il est noir, un Rom parce qu'il est rom, un Juif parce qu'il est juif, alors pourquoi rejeter un bon garçon dévoué, aimable, aimant, parce qu'il est riche ? Ne vois-tu pas l'être humain en moi ?

D'ailleurs, techniquement je ne serai pas riche avant mes dix-huit ans. Garde ton amitié pour moi jusque-là et après seulement tu pourras me jeter comme une chaussette trouée.

Voici un ordinateur dont mon oncle n'a plus besoin. Il est comme neuf. J'espère que tu n'auras pas l'idée de me le rendre. Il est mieux avec toi que dans la poubelle.

Et une invitation à notre concert au conservatoire pour toi et ta grand-mère. Je serais vraiment heureux de vous y voir.

Avec l'espoir de te voir bientôt,

Alex

Elle ne m'a pas rendu l'ordinateur, elle a réussi à se faufiler chaque jour sans que je la voie au lycée et elle ne m'a pas écrit. Alors que faire ?

Grand-tante Élisabeth apparaît chez nous la veille du concert, amaigrie, enturbannée, pâle et faible. Elle n'a pas d'appétit pour le bon repas préparé par Bernadette mais elle est toujours aussi vive et heureuse d'être en notre compagnie. Sa chambre, que je n'ai jamais vue pensant que c'était un débarras, la seule que Louis-Pierre n'a pas transformée, est un doux abri où elle se retire pendant que nous répétons avant l'heure de vérité.

Souvent, quand je ferme les yeux, je vois les touches noires et blanches du clavier avec nos deux paires de mains qui courent à travers les octaves. Je vois les doigts, les mains, les bras, les yeux de mon père avec son regard tendre posé sur moi. Louis-Pierre a les mêmes mains, la même tête, et bien que son affection pour moi soit manifeste, il n'a pas le même regard que lui. On ne peut pas tout avoir !

Nous nous habillons pareil pour le concert. Deux chemises noires, deux pantalons noirs. Nous nous ressemblons comme père et fils. Avant même que nous ne jouions une seule note, les yeux d'Élisabeth sont une fontaine.

L'auditorium est rempli d'auditeurs captifs, obligés d'y être par devoir, parents, grands-parents, famille et amis qui se sacrifient à l'autel de l'encouragement.

Les élèves de mon cycle sont déjà assez bons pour que ce ne soit pas trop intolérable. Gillian est à côté d'Élisabeth et d'Alexandre. Victor est là aussi, avec sa mère, Deborah et Dahlia avec un parent chacune. Alors que presque tout mon monde en France est présent, ça fait déjà une petite foule, la salle me semble vide. Un être manque et le monde est dépeuplé.

Mon père est présent en force, son portrait projeté sur l'écran derrière le piano. Il me souffle dans chaque oreille : « Merde ! »

Le morceau commence par un solo (moi) et un autre (mon oncle) : deux monologues qui se répondent. Dans la salle, on pourrait entendre une aiguille tomber, une mouche voler, un ange battre des ailes. Tout le monde semble sentir l'intensité, la profondeur, les rythmes de nos cœurs.

On pourrait penser à Gershwin, à Leonard Bernstein, et en même temps, il y a un élément nouveau et tellement original que l'on n'a jamais rien goûté de semblable.

S'il nous entendait, il ne serait qu'une fraction aussi fier de nous que nous de lui.

Se produit alors ce qui n'arrive jamais dans un programme de fin d'année : la salle entière est debout à applaudir, y compris le jury. Valérie est rayonnante, débordée par l'émotion. Élisabeth, qui a commencé comme une fontaine, est à présent la parfaite réplique des chutes du Niagara.

Je comprends pourquoi les solistes traversent le monde avec leur angoisse comme bagage pour vivre des moments pareils à répétition. Mon oncle m'embrasse. Il éclate de joie et se désintègre de tristesse. Je l'embrasse aussi. Après le concert, les baisers s'empilent sur mes joues, comme des tours immatérielles et biscornues. Et j'entends ma grand-tante, vêtue en haute couture technicolor, distinguée et sage, crier : « Geneviève ??!! » Elles tombent dans les bras l'une de l'autre.

Et mes yeux atterrissent sur Héloïse.

Geneviève est sa grand-mère.

Fin d'année dans un autre monde

Si je compare cette fin d'année à l'année dernière, je sais que je suis une autre personne dans un monde auparavant inimaginable. Insouciant, je me préparais à passer un été composé de quelques voyages en camping avec mon père, une semaine de vacances avec la famille de Brad, un mois d'août à la maison comme on aimait, à traîner, à jouer du piano, à regarder des films et à lire.

L'année scolaire se termine car le lycée est réquisitionné pour les élèves de terminale qui passent le bac. Je vais pouvoir pratiquer ce que j'avais l'habitude de faire avec mon père… sans mon père. Mon oncle me prend en pitié et m'offre un travail dans son entreprise. Comme il est précis, je sais ce qu'il attend de moi et je n'ai aucune difficulté à fournir le boulot qu'il attend. Nous mangeons ensemble à midi avec Gillian. Ce n'est pas désagréable.

Élisabeth avait organisé une fête dans un restaurant près du conservatoire après notre concert. Il s'avère qu'elle avait rencontré Geneviève dans une chorale quand elles avaient quatorze ans. Elles se sont fréquentées longtemps avant de se perdre de vue. J'ai appris que Héloïse y chante maintenant. En plus de tout le reste, elle chante ! Je lui propose de l'accompagner au piano. Je suis assis à l'autre bout de la table. Elle me dit qu'elle m'a écrit. Élisabeth invite la grand-mère et la petite-fille à Nice quand elles le pourront. Elle ne reste pas longtemps au restaurant et, le lendemain, elle repart pour un nouveau traitement.

Louis-Pierre et moi allons la voir tous les week-ends après le travail du vendredi au dimanche soir.

La lettre que Héloïse m'a écrite est pleine d'excuses pour sa discrimination anti-riches. Elle me pardonne pour mon crime. Elle aussi a souffert de ne pas me voir. C'est bien parti !

Mon bulletin de notes ravit mon oncle qui dit que c'est incroyable ce que j'ai fait en un an. Cette misérable feuille de papier clôt une année de souffrance. Pas de bal, pas de pique-nique, pas de cérémonie. Le lycée français continue à ne pas être à la hauteur de ses habitants. Mais j'invite mon quatuor d'amis à une buvette aux jardins des Tuileries. Ils partent tous dans leurs résidences secondaires, faire des stages, à l'étranger évidemment. Sauf Héloïse qui continue à aider dans la conciergerie. Je l'adore et je l'admire.

Et je pars à Londres avec Gillian quelques jours pour rencontrer sa famille et visiter la ville. Un régal !

Au retour, je commence à répéter quelques chansons avec Héloïse. Elle a une voix magnifique. En la raccompagnant chez elle, ô surprise, surprise ! La voiture noire nous suit, adieu la théorie de Gillian selon laquelle ils se seraient calmés. Mais la police m'a suivi aussi et elle se tient prête à intervenir. Petit à petit, finiront-ils par être découragés ? Une fois Héloïse entrée dans la loge, je rejoins la voiture noire, j'ouvre leur portière de nouveau. Je sors le vieux cahier de formules mathématiques de mon père et je l'offre à nos bourreaux.

– Un cadeau de mon père, en espérant que c'est la dernière fois que je vous vois.

– Alors c'est un au revoir ?

– Et ciao !

– Bonne chance !

J'aurais voulu leur dire « bon débarras ». J'aurais voulu être grossier et me servir de la totalité du vocabulaire français que mon père m'a transmis. Mais laissons ces brutes sur une note positive.

Brad va arriver. On va visiter Paris pendant une semaine et puis Nice. Je voudrais qu'il goûte à tant de délices, notamment le couscous, le métro, un bateau-mouche sur la Seine et bien sûr la tour Eiffel. Loin d'être blasé, il s'extasie toutes les deux minutes avec ses « *Wow !* », « *Unbelievable !* », « *Oh my god !* ».

Il pense que je suis un veinard alors je lui montre le lycée qu'il trouve assez noble et distingué. J'aimerais le voir avec ses yeux !

À Nice, il produit une cascade de superlatifs. Une semaine de plage, de restaurants, d'Élisabeth. Il lui dit qu'il n'a jamais rien vu d'aussi beau ! Je retrouve notre vieille complicité et nous passons deux semaines en parfaite harmonie, de bonne humeur, dans cette sympathie mutuelle qui a commencé en CP.

Puis il part.

Et je reste.

Happy end ?

Je passe un mois d'août agréable avec Élisabeth. Je l'accompagne à ses traitements et, bien que je n'aie jamais su prier, je prie.

Elle s'installe dans le fauteuil pour m'écouter jouer du piano, comme si cela suffisait à son bonheur. On prend tous nos repas ensemble pendant lesquels elle continue à me raconter des anecdotes sur l'enfance et l'adolescence de mon père. Rien ne pourrait me faire plus plaisir ! Louis-Pierre se joint à nous quand il peut prendre son week-end. Grands sourires à l'évocation des frasques fraternelles.

Élisabeth a beaucoup d'amis qui passent le temps d'un repas, d'un thé, de l'apéro. J'aime particulièrement ce petit repas informel qui mélange une boisson à des amuse-gueules. Je goûte au pastis, à la bière, au blanc, rosé et rouge, mais je reste fidèle au champagne. En petites doses ! Mon père me faisait goûter cette ambrosie quand on fêtait un événement (le 4 Juillet, mais jamais le 14, les anniversaires, une bonne note, un passage en classe supérieure). J'écoute les échanges sur tous les sujets locaux et mondiaux. Sérieux et légers : bavardages, commérages, babillages. Tout le monde aime Brookie. Louis-Pierre l'a amené pour passer le mois avec nous.

Je suis complètement chez moi, charmé, comblé, content. Élisabeth est la grand-mère que je n'ai jamais eue. Elle est l'amour inconditionnel, la générosité, une présence tendre, avec une écoute de chaque moment, une disponibilité, une bibliothèque d'histoires. En plus, elle aussi est heureuse en ma compagnie. Nous passons tout notre temps éveillé ensemble. Elle m'encourage à visiter la vieille ville, les musées, les magasins, mais je n'ai aucune envie de la quitter, même pas une heure.

J'aurais tellement aimé avoir le point de vue de mon père sur tout ça. Élisabeth me donne à lire ses lettres d'outre-tombe où il parle de ses souvenirs de Nice. Ô combien j'aurais aimé marcher sur ses traces… avec lui !

J'ai un message d'Héloïse tous les jours. Je réponds longuement. C'est comme si j'étais avec elle. On ne se téléphone pas, je ne sais pas pourquoi. J'aimerais qu'elle vienne, Victor et les jumelles aussi. J'aimerais partager le paradis.

Les locataires de ma maison dans le Connecticut aimeraient l'acheter. Je ne me sens pas prêt à la vendre. C'est le musée de mon enfance, de mon grand amour de père qui a passé sa vie à me mentir par son silence. C'est aussi un cimetière. J'y ai laissé mon cœur et, même si le cœur se régénère, il faut que je sache que cette maison où je l'ai déposé existe pour moi.

Selon son habitude, le temps passe, le mois d'août se termine. Les vacances aussi. La rentrée menace avec ses réjouissances lugubres. Je prends le train pour marquer la transition de la lumière à l'obscurité. J'exagère ! Je vais retrouver Héloïse, Gillian, Victor, Deborah, Dahlia, je vais reprendre la vie de plus en plus agréable auprès de mon oncle. Je vais bien manger, bien lire, bien jouer du piano et la rentrée sera plus facile que l'année dernière. Je sais à quoi m'attendre, je comprends tout, j'ai des amis. L'année dernière, je savais seulement où je n'étais pas. Cette année, je sais où je suis.

Yacine n'a pas besoin de me conduire à pied, je connais le chemin. J'ai la garde-robe adéquate, les fournitures, et Victor m'attend comme si on s'était quittés hier. Reste à savoir les noms de nos nouveaux bourreaux et notre emploi du temps. J'ai confiance : si j'ai survécu au pire, je survivrai au moins pire.

Et c'est vrai que c'est moins pire. Le principal accepte que notre session danse se tienne tous les vendredis au lieu d'une fois par mois. Je répète avec Héloïse pour jouer en duo lors d'un de ces rendez-vous, en espérant que d'autres talents se proposeront. Ce sera mon heure américaine hebdomadaire à Paris.

Le rythme reprend : conservatoire, Gillian pour le repas du samedi, la grand-mère d'Héloïse m'invite à dîner avec elles quand mon oncle est loin. J'ai emmené Héloïse à la grande bibliothèque et elle m'a amené au marché aux puces. Je vais moins souvent me réfugier dans le métro. J'ai pas mal de travail en classe de première. Je veille assez tard pour pouvoir parler avec Brad.

Je suis pratiquement un lycéen « normal », bien qu'anormal. Les roues de l'horloge tournent. J'évite le grenier. Je vis dans le maintenant.

À part les cours, ce n'est ni ennuyeux, ni casse-pieds, ni contrariant, la routine roule, rebondit, rejaillit et fait quelques cabrioles. Le jeu de « pas touche » continue avec Héloïse, mais on a tout l'avenir devant nous. Nous sommes dans la même classe cette année. Il y a des plaisirs gustatifs, émotionnels, parfumés, auditifs, visuels, et même mon oncle ose un timide geste d'attention de temps en temps. Alexandre fait aussi agréablement partie de notre vie. Si parfois il y a des phénomènes énervants, il n'y a plus d'extrême pitié envers moi-même, de la détresse, du malheur, il m'arrive encore de crier : « GALÈRE ! » Ça s'appelle la vie !

On s'apprête à passer les vacances de la Toussaint à Nice quand on nous appelle. Il n'y a pas d'autre façon de le dire : Élisabeth est morte dans la nuit. Méfie-toi quand les choses vont comme sur des roulettes. La vie prépare en secret sa façon de se venger.

Nous avançons notre départ. Gillian nous accompagne. Dans notre état catatonique, il n'y a qu'elle qui puisse tout organiser. Personne ne parle.

Albert vient nous chercher à l'aéroport. Ils ont déjà suivi les instructions de leur patronne : pompes funèbres, caveau, cérémonie, tout est prévu. Elle devait savoir sa mort imminente. Louis-Pierre le savait aussi. La chimio marche bien pour les uns, et pas pour les autres. Il suivait ses résultats. Ils se parlaient. C'est elle qui ne voulait pas alourdir ma rentrée. Qu'on le sache ou pas, c'est toujours un choc. Louis-Pierre est blême et muet. Gillian s'occupe de l'intendance, le traiteur pour inviter les gens à la maison après l'enterrement.

Élisabeth a laissé une lettre pour chacun de ses neveux. La mienne est déjà froissée et usée à force de multiples lectures :

Alex, quelle chance j'ai eue de te connaître et de pouvoir constater que tu es un être humain pleinement humain, doté d'une intelligence à la hauteur de celle de ton père et de ton oncle. Et avec cette capacité pleine d'humanité, d'empathie, de compassion, de sensibilité. Tu as surmonté beaucoup de malheurs pour devenir qui tu es.

Je pars riche de nos conversations et tranquille quant à ton avenir brillant.

Je pars heureuse d'avoir patienté jusqu'à ton arrivée tragique en France. Un mal pour un bien ?

Je pars consciente de mon passage bienheureux dans ce qui nous est donné à vivre.

Je pars sans souffrance et sans regrets car je sais que l'on ne peut pas vivre éternellement.

Si j'aurais aimé passer plus de temps avec toi, je pense qu'on a pu se dire l'essentiel.

Je pars sachant que je suis immortelle grâce à toi.

Je compte sur toi pour bien prendre ma mort. On vit et on meurt. Je ne suis pas morte jeune. Même sans la maladie, je n'aurais pas eu beaucoup plus de temps.

J'ai confiance en toi pour profiter de chaque moment de cette transition entre l'entrée et la sortie. Je sais que tu vas atteindre le sens de la vie.

Je sais que, malgré ta fortune, tu vas gagner ta vie par toi-même.

À ce propos, à ta majorité, la maison de Nice est pour toi, puisque j'ai vu combien elle te plaisait. Sache que la propriété engendre des soucis d'entretien et des frais.

Ne pleure pas, Alex.

Morte ou vivante, je t'aime !

Élisabeth

Je suis étonné de ne pas pleurer, comme si toutes mes larmes avaient déjà séché par le passé. Je suis dans la belle chambre qui était celle de mon père. Pour la première fois, je pense qu'elle sera aussi celle d'un de mes enfants, peut-être un jumeau, qui sait ? Je suis étonné de m'endormir avec cette douce pensée parmi d'autres.

Le matin vient avec un constat amer : le soleil et la mer mentent. Ce n'est pas une belle journée quand il faut creuser un trou dans la terre pour enfoncer un être aimé dans une nuit permanente.

Personne n'a faim et nous partons avec les employés funéraires vers une chapelle laïque. Alexandre avait enregistré la musique de mon père lors de notre concert. Élisabeth avait établi le programme de sa cérémonie. Elle fait salle comble. Plusieurs amis prennent la parole. Elle n'a pas demandé aux deux Charles de faire un discours, prévoyant notre état émotionnel. Il y a eu assez de belles paroles sans que nous ajoutions notre grain de sel. Je suis assis entre mon oncle et Gillian, dos à la salle.

C'est seulement au cimetière que je remarque Héloïse et sa grand-mère. Et c'est au moment où les fossoyeurs descendent le cercueil dans les profondeurs de la terre et que tout me semble tellement final et terminé, que toutes les larmes qui ne voulaient pas couler sont prises dans un tourbillon fou pour se ruer vers la porte de l'âme et sortir en force par mes yeux. Aveuglé, secoué, tremblant, je sens que quelqu'un me prend la main. Héloïse est à mes côtés.

Ainsi j'ai commencé ces pages avec un enterrement et je finis par un enterrement. Entre les deux, il y a eu des jours et des nuits, des mois, une année.

J'ai seize ans. Mon père est mort. Grand-tante Élisabeth est morte. Mais moi, je suis vivant et je vais faire tout mon possible pour vivre tant que je peux.

Cet ouvrage a été achevé d'imprimer en écoutant Gershwin
pour le compte des éditions Thierry Magnier
par l'Imprimerie Floch à Mayenne en avril 2023
Dépôt légal : mai 2023
NBJ/00144.01.00001.001
N° d'impression : 102526
Imprimé en France

« Galère ! »
Voilà un des rares mots de français qu'Alex a reçus de son père avant que celui-ci ne lui soit brutalement arraché. Lui qui ne connaît rien de la France se retrouve parachuté du jour au lendemain dans ce vieux pays glacial, loin de son Connecticut adoré. De Paris, Alex déteste tout : cette langue ridicule, ce ciel aussi gris que les trottoirs, ces passants dépressifs, ce lycée triste à mourir… Sans compter son oncle, frère jumeau de son père disparu, qui l'accueille chez lui avec l'amabilité d'une porte de prison. Non vraiment, son père n'aurait pas pu mieux choisir : « galère », c'est bien le mot.

16,20 €

9 791035 206345

FABRIQUÉ EN FRANCE